だいわ文庫

貸し物屋お庸謎解き帖

五本の蛇目《じゃのめ》

平谷美樹

大和書房

目次

◆人物紹介◆

庸《よう》……「無い物はない」と評判の江戸で一、二を争う貸し物屋・湊屋《みなとや》両国出店《でだな》店主。口は悪いが気風のよさと心根の優しさ、行動力で多くの味方を得、持ち前の機知でお客にまつわる難事や謎を見抜いて解決する美形の江戸娘。

幸太郎《こうたろう》……庸の弟。両親の死後、数寄屋大工の名棟梁だった仁座右衛門《にざえもん》の後見を得て大工の修業に励んでいる。

りょう……生まれず亡くなった庸の姉。童女姿の霊となって庸の実家に棲み、家神になるための修行をしている。

湊屋清五郎《みなとやせいごろう》……浅草新鳥越町に店を構える貸し物屋・湊屋本店《ほんだな》の若き主《あるじ》。「三倉」の苗字と帯刀を許されており、初代が将軍の御落胤であったという噂もある。

松之助《まつのすけ》……湊屋本店の手代。湊屋で十年以上働いており、両国出店に手伝いに来ることも多い。

半蔵《はんぞう》……清五郎の手下。浪人風、四十絡みの男。

瑞雲《ずいうん》……浅草藪之内の東方寺《とうほうじ》住職。物の怪を払う力を持つ。

綾太郎《あやたろう》……葭町《よしちょう》の長屋に住む蔭間《かげま》。庸に恋心を抱いている。

橘喜左衛門《たちばなきざえもん》……陸奥国神坂家《むつのくにこうさか》江戸家老。

山野騎三郎《やまのきさぶろう》……陸奥国神坂家家臣。

貸し物屋お庸謎解き帖　五本の蛇目《じゃのめ》

能管の翁

一

元旦である。明け六ツ（午前六時頃）に、貸し物屋湊屋本店《みなとやほんだな》の手代《てだい》、松之助《まつのすけ》が白い息を吐いて両国出店《りょうごくでだな》に駆けつけた。空は水色。矢ノ蔵《やのくら》の白い壁は初日《はつひ》の光で桃色に染まっていた。

「お庸《よう》さん、明けましておめでとうございます。本年もよろしくお願いいたします」

松之助は、店の板敷を拭いていた庸に慇懃《いんぎん》に頭を下げた。

正月ではあったが、庸はいつもの黄色の地に橙《だいだい》の格子縞の小袖に臙脂《えんじ》の裁付袴《たっつけばかま》。襟《えり》に赤く〈湊屋〉と縫い取りのある藍色の半纏《はんてん》という色気のない装いである。島田に結った髪に添えた紅い縮緬《ちりめん》だけが少女らしい飾りであった。

「こちらこそ、よろしく頼むぜ」

庸は松之助に向き合って深く頭を下げる。

湊屋の使用人の半数は藪入り《やぶいり》で実家に帰っている。残り半数は正月に何か借りたい者のために店を開ける。その代わり、自分の都合で暇をとることが出来た。

庸の実家は神田大工町《かんだだいくちょう》にあり、今は弟が継いで高名な大工が後見人になって、棟梁になる修業中であった。たいして遠くないところにあり、貸し物を届けるついでに寄ることも出来たから、わざわざ休みを取って帰ることもなかった。

「あとはわたしが」

　と言って、松之助は庸から雑巾を受け取る。

　庸は帳場に座った。

　棚や土間に置かれた甕《かめ》を拭きながら、

「昨日、本店に気になる客が来たそうです」

　と松之助が言った。

「怪しい客かい？」

「怪しいとまでは──。店に置いてある横笛をみんな見せてくれって言うんだそうで。それで気に入ったものがないからいいと言って帰って行ったようで」

「ふーん。大晦日《おおみそか》に横笛なぁ」

「無い物はないとうそぶく湊屋になら、あると思ったんだがとブツブツ文句を言ってたそうで。それで相手をしていた番頭は『出店もございますので取り寄せましょうか？』と答えた。すると客は『自分で回ったほうが早い』と言って出て行ったんだそうでございます」

「その口振りなら、大晦日に使うためめってわけでもなさそうだな──。湊屋の出店は、今いくつあったっけ？」

「八王子や相模《さがみ》、下総《しもうさ》にもありますが、市中は十二です。明日までに横笛を届けろと知らせを走らせれば、翌日の夕方までには市中の店の横笛が集まりますから、客が自分で回るよりはずっと早い――。そう言ったんですが、鼻で笑って『それでも自分で回ったほうが早い。その気になれば八王子や相模まで行ける』と言ったそうです」

「飛脚《ひきゃく》でもやってる奴かい？」

庸は笑った。

「年寄だそうで。身なりのいい軽衫《かるさん》姿」

「年寄ってのは出来もしねぇことを言って意地を張るもんだからな」

「お侍の隠居かもしれませんよ。遠駆《とおが》けに自信があるとか」

「それにしても、一日で八王子やら相模まで行って帰るなんて無理だと思うぜ」

「馬を使えるご身分かも」

「なら、横笛を借りるなんてしねぇだろう。お屋敷に高い代物《しろもの》が何本もあるだろうぜ――。で、清五郎《せいごろう》さまは、その客に気をつけるようにって出店に知らせを回したのかい」

「その通りでございます。客が来たら、当たり前に対応して、気に入った横笛があると言ったら、その品物をちゃんと書き留めておくこと。気に入った物がなかったら、別の出店を紹介すること。そして客が来たことを、店仕舞いしてからでいいので本店に知らせること――。『何があるってわけじゃねぇが、気にかかることは用心しておくに越したことはねぇからな』と、旦那さまは仰《おっしゃ》ってました」

「分かった――。で、おいらには何か言ってなかったか？」

「何を期待してるんです？」

松之助はニヤニヤする。

「馬鹿。そういうことじゃなくて、余計な動きをするなとか、深追いするなとか言われなかったかって訊いてるんだ」

庸は顔を赤くした。庸は本店の主《あるじ》、清五郎に惚れているのであるが、その思いを隠し通している。しかし、隠し通していると思っているのは自分だけで、周りの者たちはお見通し。時に庸が垣間見せる清五郎への思いを、愛情を持ってからかうのであった。

「ああ、そういうことは言われませんでした」

「ってことは、その年寄が来たら、後を尾行《つけ》てもいいってこったな」

「お庸さんが行っちゃいけませんからね。〝追《お》いかけ屋《や》〟に任せてくださいよ」

追いかけ屋とは、怪しい客が来たら、追いかけてそのねぐらを探る役目のことである。

庸を気に入って両国出店に入り浸る蔭間《かげま》（男娼）の綾太郎《あやたろう》が、葭町《よしちょう》の通称蔭間長屋に暮らし、暇を持て余している蔭間たちに小遣い稼ぎをさせるために考えた商売である。

「分かってるよ。松の内は常連客がご祝儀を持って来るから、出来るだけいるようにするよ」

ご祝儀といってもたいした額ではないが、松の内は一日で三方《さんぽう》に二つ三つのおひねりが集まるのであった。

「その言葉、忘れないでくださいよ」

松之助は念を押した。

「明けましておめでとうございます」

と、蔭間の勘三郎《かんざぶろう》が土間に入って来た。

元盗賊という経歴をもつ、痩せて小柄な三十五、六の男である。今日の追いかけ屋のようであった。

「おめでとう。正月朔日《ついたち》からすまねぇな」

庸は言った。

「独り身ですから、長屋にいてもすることがありやせん」勘三郎は頭を掻いた。

「綾太郎さんは、お得意さんに誘われてまして、明日にでもあらためてご挨拶にうかがうと申しておりやした。お二人によろしくとのことで」

「気を遣うなと言っといてくんな」

勘三郎は「へい」と答えて板敷に上がり、帳場の奥の小部屋に入った。追いかけ屋の定位置である。

朝日が家々の屋根の上に顔を出すと、いつものように褌《ふんどし》を借りに来る者や、慌てて屠蘇器《とそき》や餅網《もちあみ》を借りに来る者などで賑わった。

それが一段落した五ツ半（午前九時頃）あたり、見知らぬ老人がふらりと店に入って来た。

投頭巾《なげずきん》に袖無羽織《そでなしばおり》、軽衫。白い顎髭《あごひげ》を伸ばしている。年寄ではあるが顔の色艶はよく、皺《しわ》もあまり目立たなかった。

「横笛を見せてはくれまいか」

その一言で、庸と松之助はあの老人だと気づいた。言葉の抑揚が江戸者ではない。

「どのような笛がよろしゅうございましょう？」松之助が訊く。

「龍笛《りゅうてき》、高麗笛《こまぶえ》、能管《のうかん》、神楽笛《かぐらぶえ》などなどございますが」

横笛には、出る音の高低や、雅楽、能、歌舞伎などの演目によって、幾つかの種類があった。

「能管を見せてもらおうか」

老人は板敷に腰掛ける。

「かしこまりました」

松之助は奥へ入る。

「爺《じ》ぃさん、どこから来た？」

庸は訊いた。

「なぜじゃ？」

老人は、その問いに対してか、庸の言葉遣いに対してか、眉をひそめる。

「言葉が江戸の者じゃねぇと思ってさ」

「お前には関わりのないことであろう」

「物を貸す時にゃあ、名前と在所を書いてもらうことにしてるんだ」

「ならば、借りたい能管があったなら書いてやる」

「客に信濃《しなの》のほうから来た奴がいるんだが、そいつの言葉に似てるなと思ってさ」

「ふん。当たらずとも遠からずだ」

老人がそう答えた時、松之助が奥から木箱を運んで来た。

「ウチにある能管はこれだけでございます」

松之助が木箱を開けると、微かに先細りの形をした六本の能管が現れた。黒塗り歌《うた》口《ぐち》（吹き口）と七つの指穴の周りが朱色、所々が樺桜《かばざくら》の皮で巻かれている。樺巻《かばまき》という意匠である。

老人は一瞥《いちべつ》するなり、「欲しい物はない」と言って踵《きびす》を返す。

「吹きもしねぇで分かるのは、探している一本の姿形《すがたかたち》まで知ってるんだな」

庸は老人の背に声をかける。

老人は立ち止まり、振り返る。

「その通りだ」

「とすれば、前にウチから借りたことがあったか――。だけどあんたの顔には見覚えがない。では、他の店《たな》で借りたことがあったか。貸し物は本店や出店で融通することもあるから、あんたが借りた笛はどこか別の店に動いているかもしれない。だから、本店の次にウチに来たのか――」

「面白い。本店から知らせがあったか」

老人は板敷に戻り、框《かまち》に腰を下ろす。

「だが、品物の移動は、およそ本店で把握している。だからあんたの相手をした本店の番頭か手代はそれを話したはず。けれどあんたはそれを頼りに探そうとはしなかった」

「ふむ」

「貸し物を借りて行ったというのでなければ、考えられるのは、それは元々、あんたの持ち物であったか、知り合いの物であったか、とにかく姿形まで頭の中に焼き付くほどに身近にあったってことだ」

「噂通り、面白い娘だ」

「信濃の爺《じじ》ぃがおいらの噂を知っているのかい？」

「信濃から来たとは言うておらぬ」

「じゃあ、生まれは信濃だが江戸に出て来たのか？」

「まぁ、景迹《きょうじゃく》（推理）してみよ」

老人は言うと、土間を出て行く。

「名前を聞いておこうか」

庸は言った。

「何も借りなかったのだから名乗る必要はあるまい」

と老人は返す。

「一日で八王子や相模まで回れるはずのお前《め》ぇさんが、なぜ今朝来た？」

庸が背中に問うと老人は振り返る。

「その気になればと言うた。その気にならなかっただけだ」

老人は笑いながら歩き去った。

帳場の裏から勘三郎が出て来た。

「こいつは追ってみなきゃなりやせんね」

「頼む」

庸が肯《うなず》くと、勘三郎は店を飛び出した。

「何者でしょうね」松之助が帳場の横に座りながら言った。

「侍って感じでもありませんでしたし、どこかの大店《おおだな》のご隠居ってところでしょうか」

「うん——。そんなところかな」それもしっくりこないので庸は首を傾げた。

「まぁ、勘三郎が何か手掛かりを摑んでくれるさ」

二

正月朔日で休みの町は、初詣に出向く人々がちらほらと見えるばかりである。

馬喰町へ入った老人は、そのまま真っ直ぐ進んで、小伝馬町二丁目と三丁目の間の辻を右に曲がった。

勘三郎はすぐに角を曲がったが、老人の姿が見えない。

急ぎ足で亀井町や小伝馬上町を探すが、老人はどこにもいなかった。

「どこへ行きやがった……」

勘三郎は元盗賊だけに、尾行には自信があったのだが——。

舌打ちをして、勘三郎は両国出店へ戻った。

❖

「面目ございやせん」

板敷に座った勘三郎は悔しそうに頭を下げる。

「しかたがねぇさ」庸は帳場机に肘を置いて頰杖をつく。

「しかし、勘三郎を撒《ま》くってのはただ者じゃねぇな」

「もしかすると盗賊かもしれませんね」松之助は腕組みして鹿爪《しかつめ》らしい顔をする。

「盗みの下調べでしょうか？」

「それならもっと目立たないようにやりやすよ。能管なんて珍しい貸し物を見せてもらったりはしやせん」

「それですよ」松之助は指を立てる。

「盗みたい能管がどの店にあるのか確かめようとしてたって読みはどうです？」

「それなら本店でやったように能管と言わず横笛を見せてくれって言って、高麗笛や龍笛、神楽笛なんかまで出させて確かめるさ。そして、怪しまれないように別の笛を借りて行く」

庸は確認するように勘三郎を見た。

勘三郎は肯く。

「うーん」松之助は腕組みしたまま大きく首を曲げた。

「なら何でしょうね」

「まぁいいや。おいらは本店へ報告してくる。店を頼むぜ」

庸は帳場を立ち、土間に降りて草履《ぞうり》を履《は》いた。

「長《なが》っ尻《ちり》は駄目ですよ」

松之助は帳場に入りながらからかうように言った。

「知らせに行くだけだ」

庸は怒ったように言った。

っているのだった。

「ごゆっくり」

勘三郎もニヤニヤしながら言う。彼もまた庸が主の清五郎に懸想《けそう》していることを知

❖

浅草新鳥越町《あさくさしんとりごえちょう》の通りに面して、豪壮な瓦葺《かわらぶ》きの店がある。軒からぶら下がった大きな木製の看板には〈湊屋　本店〉と太文字で書かれ、小さく〈よろず貸し物　無いものはない〉とある。貸し物屋は小体《こてい》な店が多かったが、日本橋界隈の大店に負けぬくらい大きな店舗である。

貸し物だけで湊屋の大店を維持出来るわけがないということで、大金を積めば公には出来ない物も貸してくれるとか、初代が公方《くぼう》さまのご落胤《らくいん》だったので御公儀から金が回ってくるという噂もあった。

店の周囲は延々と続く板塀に囲まれている。母屋《おもや》の後ろの敷地には茅葺《かやぶ》き田舎家風の離れが二棟。土蔵が四つ。納屋が三つ建っていた。

脇の通用口の近くに小さな番小屋があった。外に床几《しょうぎ》を出して、番人の三治《さんじ》が独り煙管《きせる》を吹かしている。

三治は庸の顔を見るなり、煙管で奥の離れを差した。

「ありがとよ」

庸は奥の茅葺きに駆けた。

腰高障子《こしだかしょうじ》の前に立ち、「庸でございます」と声をかける。

『横笛の翁《おきな》が現れたかい』

と清五郎の声がした。

「はい」

『入って詳しく教えてくれ』

庸は「失礼いたします」と言って障子を開けた。

土間の向こうの板敷に、清五郎と側近の半蔵《はんぞう》が座っていた。

清五郎は白っぽい小袖の上に、金襴《きんらん》の打掛を肩に羽織っている。半蔵はいつものように黒い小袖に裁付袴、毛皮の袖無しを着こんでいた。

「明けましておめでとうございます。本年もよろしくお願いいたします」

庸は深く腰を折る。

「よろしく頼むぜ――。さぁ、上がって詳しい話を聞かせてくれ」

「はい」

庸は板敷に上がり、囲炉裏《いろり》を挟んで清五郎に向き合って、さきほどの出来事を語った。

「両国出店では能管と指定したか」

半蔵が言う。

「それじゃあ横笛の翁改め能管の翁だな」

清五郎は銀延煙管《ぎんのべ》に煙草《たばこ》を詰めて、火箸で炭を取り火を点《つ》けた。

「そして勘三郎を撒いたかい。こっちは手代だったから仕方ないと思ったが、勘三郎を撒くとはなかなかの爺ぃだな」

「はい――。しかし、盗賊の下見とも思えず、何者であるのか見当もつきません」

「もしかすると、姿を消した辺りに隠れ家があるのかもしれません」

半蔵が言った。

「うちの手代は田町一丁目の辺りで見失ったと言っていたな」

「山谷堀を渡った向こうでございますね」

庸が言った時、外で声がした。

『芝口《しばぐち》出店の八右衛門《はちえもん》でございます』

増上寺のある芝の出店の店主である。

庸、清五郎、半蔵は顔を見合わせた。

「入りな」

清五郎が言うと、顔を強張らせた中年男が入って来た。

「明けましておめでとうございます――」

清五郎は挨拶を途中で制して、

「年寄が笛を借りに来たかい？」

と訊いた。

「はい……」

言いながら八右衛門はチラリと庸を見て、

「両国出店にも?」

と眉をひそめる。

「爺ぃが現れたのは何時《なんどき》でぇ?」

と庸。

「五ツ半あたりであったかと」

「投頭巾に袖無羽織、軽衫。白い顎髭かい?」

「左様で」

「なら、ウチと同じだ――」

庸は腕組みして唸《うな》った。

「能管が見たいとのことで、ウチの在庫をお出しすると、『違う』と言ってお帰りで。

手代に追わせましたが、三丁目の辺りで見失いました」

「横笛が、じゃなくて能管が見たいと言ったんだな」

清五郎が訊く。

「はい」

八右衛門は肯いた。

「それじゃあ、たぶんウチの後に行ったんですね」庸は小首を傾げた。

「それにしても両国から芝口までは、けっこう距離があります。同じ刻限に姿を現すってのは……」

「面白い。笛を借りたい逃げ足の速い爺ぃは二人いるようだな」

清五郎はニヤリと笑った。

「なるほど二人でございますか」庸は言った。

「でも、両国出店で能管を見たいと言ってしまったことを、どうやって芝口の爺ぃに伝えたんでしょう」

「そのあたりは、お前が調べるんだよ」

清五郎はニッコリ笑って庸に言い、八右衛門に顔を向ける。

「ご苦労だった八右衛門。念のために、三日四日は戸締まりをきちんとして用心しな」

「あの老人は盗賊か何かで？」

八右衛門は震え上がった。

「いや、たぶん違うが、とりあえず用心しておけ。常連に腕の立つ者はいるか？」

「ご浪人が三人ほど」

「信用は出来るか？」

「はい。人はようございます。その三人を用心棒にと？」

「ヤットウの腕前は？」

「存じませんが――。お二人はいかにも強そうに見えます」

「とりあえず相談をしてみろ」

「承知しました。では、失礼いたします」

八右衛門はそそくさと離れを出て行った。

「同じ扮装で時刻を合わせて出店を訪れる」半蔵は眉間に皺を寄せて首を傾げる。

「目的は何でございましょうな」

「お庸はどう思う？」

清五郎は訊く。

「皆目分かりませんが、この様子なら、市中の十二の出店、全部に現れるのではないかと」

「おそらくそうだろうな――。まぁ、その報告をここで待っていては商売になるまい。あと何軒から報告があるかわからねぇが、夕方、今日の分を知らせてやる。能管の翁が何者か、何が目的かを知る方法を考えてみな」

「かしこまりました」

庸は一礼して離れを辞した。

三

その日の夕方、湊屋本店から使いの小僧が来て、清五郎からの書状を庸に手渡した。

庸が駄賃を与えると、小僧は小躍りしながら帰って行った。

庸と松之助、勘三郎は頭を寄せ合い、行灯《あんどん》の光の中で書状に目を通した。

庸が両国出店に戻ってから、四軒の出店から能管を借りに来た老人がいたという知らせが届いた。いずれも、手代が後を追ったが見失ったという。人相風体《ふうてい》はすべて同じ。ただ、現れた時刻は、少しずつずれていて、六ツ半（午前七時頃）から五ツ半（午前九時頃）までの間だった。

上野北大門町出店。店を出てすぐに見失う。

麻布宮下町出店。長坂町の辺りで見失う。

四谷塩町出店。町内で見失う。

日本橋通南二丁目出店。元大工町の辺りで見失う。

「両国出店と芝口出店をあわせて、今日能管の翁が現れたのは六軒。湊屋出店の半分ですね」

松之助が言う。

「その六軒を六ツ半から五ツ半までの一刻《いっとき》（約二時間）で回ることは出来やせんぜ」

と勘三郎。

「やはり、何人かが同じ格好で出店を訪れているってこったな」

庸は言った。

「湊屋を困らせて商売の邪魔をしようって魂胆ですかね」

松之助は庸を見た。

庸は首を振る。

「ウチに来た爺ぃは、上等な着物を着ていた。それを六人分用意して、人相風体が似た爺ぃを六人雇えば、けっこうな出費になる。金をかけてこういう悪戯《いたずら》をして、何の得がある？　それに両国出店で能管を見せてもらったことをどうやって芝口出店に行った奴に知らせたか――」

「確かに――」松之助は肯いた。

「両国のことをどうやって芝口に伝えたのかは見当もつきませんが、大枚をはたいて、何かをしようとしていることは確かですよね。なぜそんな回りくどいことをしてるんでしょうね」

「すんなりと伝えられない理由があるんだろうな」

と言いながら、庸の胸には引っ掛かるものがあった。

大枚をはたいた悪戯――。それが出来るのは金持ち。

庸が思い浮かべたのは神坂《こうさか》家江戸家老、橘喜左衛門《たちばなきざえもん》の顔だった。

どういう理由かは分からないが庸を気に入り、なんとかして女中に雇いたいとあの手この手を使ってくる。

　それを断り続けている自分に腹を立てて、悪戯を仕掛けてきたか――？

　庸の背中には大きな刀傷があり、先日はそのことが明らかになって、「大名屋敷の女中に刀傷があるのはまずい」ということで諦めたと思ったが、もしかするとそのことの腹いせに嫌がらせを考えたか――？

「お庸さん」

　松之助に声をかけられ、庸は我に返った。

「あ、いや――。神坂家の橘の爺ぃのことを考えてた」

「ああ、橘さま」松之助は大きく肯いた。

「お庸さんの着替えを覗こうとして赤っ恥をかかされたんですから、仕返しをしようとしているってのはあり得そうな話です」

「だけどよう、悪戯、嫌がらせだとすれば、いささかお粗末だぜ。手間や金がかかるわりに、被《こうむ》る迷惑はさしてでかくなくて、たいして効果はねぇ」

「この先に下げ（オチ）が待っているのかもしれやせんぜ」勘三郎が言う。

「能管をネタに、何かとんでもないことを企んでいるのかもしれやせん」

「なるほど」松之助はポンと手を打つ。

「たとえば、江戸屋敷から盗まれた能管が貸し物の中にあったとか。ウチは古物《こぶつ》を買って貸し物にしたりしますから」

「うん——。だけど、高価な物の買い取りは、必ず本店に相談するからな」

庸は首をひねる。

「安ければ店主の裁量ですよ。たとえば神坂家江戸屋敷の小者《こもの》が金に困って能管を盗み、二束三文で売り払ったとすれば、店主は本店に相談しやせん。あるいはそういう筋書きを書いて、お庸さんを困らせようとしているとか」

「だったら、爺ぃを六人も用意せずに、おいらんとこだけ狙やぁいい」

「神坂家の件は、ウチの旦那さまが一枚も二枚も嚙んでるでしょ。きっと旦那さまを困らせるのも向こうの兵略に入ってるんですよ」

「六人がほとんど同じ刻限に六軒の出店を訪ねたのはどうなんでぇ？　そんな不自然なことをやるより、一人の爺ぃに行かせたほうがいいじゃねぇか」

「手っ取り早くやりたかったんじゃないですか。一人の年寄だと十二軒回るのに何日かかるか。それに、旦那さまやお庸さんが気にかけて調べなかったら、同じ姿の年寄が六人いたなんて気づきませんよ」

「もしかすると」勘三郎が言った。

「これからどこかの出店に忍び込んで能管を仕込むって手かもしれやせんぜ。こっそり仕込んだ出店に『やはり借りたいからもう一度能管を見せてくれ』と言って出させたら、店主が知らない能管が一本。『これは我が家から盗まれた物だ』と言って騒動を起こす。厄介《やっかい》なことになりやす」

「うむ――」松之助や勘三郎の景迹にも一理あると庸は思った。

「帰ったら清五郎さまにその話をしといてくれ」

「はい」

松之助は嬉しそうに肯いた。

勘三郎は暗くなった外を見て、

「あっしはそろそろ失礼しやす。今日の報告をすればきっと、明日は綾太郎さんが追いかけ屋になるって言い出しやすぜ」

と笑いながら土間に降りた。

「能管の爺ぃは厄介な奴のようだから、お前ぇのほうが頼りになるんだがな」

庸は言った。

「それじゃあ、綾太郎さんにそのように言ってみやす」

勘三郎は頭を下げて店を出た。

四

翌朝、松之助は清五郎からの新しい指示を持って来た。

「旦那さまは、昼間も充分に用心するようにそれぞれの出店に知らせを出しました。

まず、能管の箱を調べ、見知らぬ物が入っていないかどうかを調べること。あったならば、すぐに番所へ届けること。それから、能管の箱は帳場に置いて目を離さないようにとのことでございます」

「清五郎さまは、お前ぇと勘三郎の意見を容《い》れたかい」

庸は肯いた。

「いえ、そうでもないのが悔しいんでございますがね」松之助は苦笑した。

「そんなことはないだろうが念のために、だそうで」

「清五郎さまはどうお考えなんだろう」

「詳しくは仰いませんでしたが、何者かが、知らせたいことがあるのかもしれないとだけ。謎を解くにはまだ手掛かりが足りないと」

それを聞いて、庸は強く肯いた。自分の考えと似ていたからである。

そこに、着流し姿の綾太郎が勘三郎と共に現れた。綾太郎は新年の挨拶をした後、

「面白いことになっているそうだね」

と板敷に上がり、松之助を脇にどけて庸の横に座る。勘三郎は裏の小部屋に入った。

「訳が分からなくて気持ちが悪い」

庸はしかめっ面をして見せた。

「同じくれぇの刻限に六箇所に現れる奴っていやぁ、あれじゃねぇのか？」

綾太郎は庸に顔を近づける。いい匂いがした。少し白粉《おしろい》をはたき、薄く紅を引いて

いる。

綺麗な顔がすぐ側に寄ったので、庸はゾクリとして、少し身を引いた。

「あれって何だよ」

「亡魂《ぼうこん》とか狐狸《こり》妖怪《ようかい》の類《たぐい》」

「真っ昼間だぜ。物《もの》の怪《け》は出ねぇ刻限だよ」

庸は笑う。

「昼間に亡魂が出たって話も聞くぜ」

「そういうモノだったら、だいたい分かるぜ。よく見てるからな」

それに――、と庸は思った。

首からぶら下げて懐《ふところ》に仕舞っているお守りは、生まれる前に死んでしまった姉のりょうの霊と繋がっている。物の怪が絡んだ件の時に力を借りる浅草藪之内《やぶのうち》の東方寺《とうほうじ》住職、瑞雲《ずいうん》が授けてくれた守り袋であった。

りょうは今、実家の家神《イエガミ》になるべく隠世《かくりょ》（あの世）で修行中であったが、危険な目に遭いそうな時には何度か救ってもらっている。

もしあの爺ぃが物の怪の類であったとすれば、おりょう姉ちゃんが知らせてくれるはず――。とは思ったが、呼べば必ず出て来るとは限らなかったし、もし物の怪であったとしても、自分の身に危険がなければ知らせてくれないこともある。

「物の怪とは思えなかったなぁ……」

庸は自信がなくなった。

「まぁ、かもしれねぇ程度には用心しようぜ」

綾太郎は懐から数珠《じゅず》を出して見せた。

だがその日、能管の翁が両国出店を訪れることはなかった。

綾太郎と勘三郎ががっかりした顔で帰ろうとした時、湊屋本店の小僧が清五郎からの書状を持って現れた。

庸たちは行灯の周りに集まり、書状を開く。

「これで市中の出店を全部回ったことになるな……」

庸は呟く。

九段下出店。飯田町中坂通りの途中で見失う。

麴町出店。平川町の辺りで見失う。

山下御門前の山下町出店。町内で見失う。

元湊町出店。町内で見失う。

森元町出店。飯倉町で見失う。

赤坂田町出店。町内で見失う。

「現れたのはいずれも昨日と同じ年格好の老人――」松之助が言う。

「時刻も六ツ半から五ツ半の間。こちらが調べているのに気づいていないんですかね。気づいているんなら、刻限をずらすなりして、それらしく装いそうなものですが」

「うん……」

庸は書状を見ながら気のない返事をした。

「何か気になることがあるのかい？」

綾太郎が訊く。

庸は帳場机から昨日の書状を取り、行灯の明かりの下に今日の書状と共に並べた。

「これに本店、芝口出店と両国出店を加えた十三箇所に、爺ぃが探していた能管は無かったってことだよな」

「そういうことになりやすね」

勘三郎が肯く。

「これだけしつこく回ったってことは、爺ぃもそれなりの手掛かりを持ってたと思うんだが、空振りしたってのはちょいと解《げ》せねぇ」

「元々、そんなものは無かったんじゃないのか」綾太郎が言う。

「昨日、松之助さんや勘三郎が景迹したように、これから仕込もうと思ってやがるんだよ」

「うん。だけど、十三箇所のどこかの店が嘘をついているってことも考えられるなと思ってさ」

「湊屋の奉公人を疑うんですか？」

松之助が怒ったように言った。

「人情に流されちゃ真実は見えねぇよ」

　綾太郎が言う。

「確かにそうですが……」

「例えば、何かの理由でどこかの出店が爺ぃの能管を手に入れていたとする。爺ぃはまず本店に現れて、各出店に気をつけるよう清五郎さまのお触れが出た」

「なるほど」勘三郎が大きく肯く。

「そこで爺ぃの能管を持っている奴はやばいと思うわけでござんすね」

「そう。これはシラを切り通さなければならないと考える。けれど、爺ぃが六つの出店に現れたことが知らされる。次は残りの六店を回るに違いないと思う」

「ってことは、爺ぃの能管を持っているのは、今日、爺ぃが来たと知らせてきた店のどこかという線が濃いってわけか」

「本当に今日来たか、あるいは昨日来ていたのにシラを切ろうとして黙っていたが、六店が報告したのでこれはまずいと思ったたか」

「でも確証はありませんよね」松之助は不愉快そうに言う。

「確証もないのに疑うのはよろしくないと思いますよ」

「だから確かめるのさ」

「どうやって？」

「爺ぃが来たってことは、店の誰もが知っている。もし、昨日来たのに今日来たと嘘をついている店があれば、そこが怪しい。もしどの店も正直に本店に知らせていると分かれば、この景迹は潔く捨てるよ」

「その調べは蔭間長屋が引き受けるぜ」綾太郎が言う。

「お庸ちゃんのところはいいとして、十一店舗。人から話を聞き出すのが上手《うま》く、しかも相手に蔭間だと気づかれず、怪しまれない者を差し向けなきゃならないから——、使えるのは三、四人だ。二日ほどくれねぇか」

「助かるぜ。日当は出すから頼むよ」

「湊屋の奉公人の疑いを晴らすためなら、きっと日当は旦那さまが出してくださいます」

松之助が言う。

「それじゃあ、帰ったら清五郎さまに報《しら》せておいてくれ」

五

朝、開店の準備が整い、庸は帳場に、松之助はその横に座った時、綾太郎が土間に入って来た。

「今日の追いかけ屋だ。勘三郎は錠前屋に手伝いに行ってる」

「元盗賊が錠前屋の手伝いですか？」松之助は頓狂な声を上げる。

「その錠前を売ったお店に盗みに入るんですか？」

「そんなわけねぇだろう。そんじょそこらの盗賊には開けられないような仕掛けを考えて錠前屋に教えるんだよ」

綾太郎は苦笑して板敷に上がり帳場の裏に入った。

❖

飯田川《いいだがわ》に架かる俎橋《まないたばし》の側に、湊屋九段下出店はあった。周囲が武家地であることから、両国出店よりもかなり大きい店である。番頭が一人、手代が五人、小僧や小女など使用人が七人ほどいた。

九段下出店の聞き込みは締造《しめぞう》に任されていた。風采の上がらない中年男で、小さい店の番頭然とした人相風体である。

人混みにも紛れてしまうほど特徴に乏しい男であるから、しばらくの間俎橋のたもとに立って出店を見張っていても、気にする者はいなかった。

昼近く、九段下出店から若い手代が風呂敷包みを抱えて出て来た。橋を渡って東の武家地に向かうようであった。

締造は手代を追って橋を渡る。ちょうど九段下出店の死角になる場所で声をかけた。

「少々伺いますが」

手代は立ち止まって振り返る。

「わたしでございましょうか？」

「はい。わたしは湊屋本店の者で締造と申します。能管の翁のことで調べをしております」

「左様でございますか。お疲れさまでございます。わたしは手代の九助《きゅうすけ》と申します」

「飯田町中坂通りの途中で見失ったと聞きましたが」

「はい。追ったのはわたしでございます。主の太七郎《たしちろう》に言いつけられまして」

「坂のどの辺りで見失ったのですか？」

「田安稲荷の入り口に入ったところは見たのですが――。稲荷の敷地や周辺の路地を探し回っても、姿はありませんでした」

「それはいつのことで？」

「一昨日《おととい》でございます」

「報告は昨日だったのでは？」

「はい。一昨日の夕方、本店からあちこちの出店に能管を見せて欲しいというご老人が訪れたという知らせがあり、番頭さんが『ウチの件も報告しなければ』ということで、昨日お知らせしました」

「なぜ一昨日知らせなかったのですか？」

「貸し物を見せて欲しいと言って、見るだけ見て借りない客はたくさんおりますので」

「ではなぜ、旦那さまはあなたに追うように言いつけたのでしょう？」

「ご老人が『このほかに能管はないのか』と声を荒らげなさったので、旦那さまが外に連れ出して少し話をなさっていました。それでご老人が帰り、旦那さまが店に戻って、『念のためにどこの何者か確かめて来い』とわたしに命じました」

今まで聞き取りをしてきた店の店主とは行動が違う――。

「ほぉ。能管の翁と話をしたのですか――。どんな話をなさったのでしょうね？」

「それは分かりかねます。店には話が届かぬところでございましたから」

「姿は見えましたか」

「はい」

「苦情に対処していた様子で？」

「どうでしょう――。頭を下げるより、横に振っておいででした」

つまりは、翁の言うことを否定していたのか――。

「翁は以前も来たことが？」

「いいえ。わたしが覚えている限り、初めてでございます。本店から知らせが来た後、話題に上りましたが、ウチの者たちも見たことがないと話しておりました」

「太七郎さまは？」

「初めてだと」

「ふむ――」

太七郎には何か裏がある。直接当たってみるべきか。あるいは、九助に本店の者から聞き込みを受けたと話させて、焦って何か動きを見せるのを待つか――。いいや。それはこちらが万端の準備を整えてからがいい。今のところ、太七郎には余計な刺激を与えないほうがいい――。

「そうですか――。太七郎さまに余計な心配をかけてはご迷惑。ですからお店から見えぬところでお話を訊きました。事が事だけに、わたしから聞き込みをされたという話は、太七郎さまにはご内密に」

「本店では何か摑んでいるのですか?」

「能管を借りたいというのは口実で、翁は誰かに頼まれ、他人《ひと》の女房を寝取った男を探しているらしいのです」

締造は嘘を言った。

「えっ? ほかの店では店主が話をしたなどということはなかったようでございますから……。太七郎さまがそんなことを?」

九助は目を丸くする。

「いやいや。書状には書きませんでしたが、ほかに数軒、これは怪しいなという番頭がいる店がございます」

「左様でございますか」

九助はホッとしたように言う。

「太七郎さまには内密にまたお話を訊きに来るやもしれません」

「ではやはり……」

太七郎が間夫《まぶ》であるかもしれないと思わせておいたほうが、九助は自分に話を聞かれたことを内緒にしてくれるだろう――。そう判断した締造は、言葉を濁す。

「いやいや……。もし何か思い出したならば、本店のほうへお知らせくださいませ。『締造に伝えて欲しい』とお話しいただければこちらに通じるようにしておきます」

「主が不義密通に関わっているとすれば、大変なことでございますから……。この件につきましては仰せの通りにいたします」

「よろしくお願いいたします」

「それでは」

と言って、二人は別れた。

❖

締造は両国出店へ走り、九助から聞いたことを報告した後、新鳥越町の本店へ向かった。

庸は帳場の中で腕組みをした。

「なぜ翁は出された物以外に能管があると思ったのか――。九段下の太七郎は、能管の翁とは初対面だったとしても、能管については何か知っていそうだな」

「締造さんは、太七郎が下手《へた》に動かないようにしてくれましたから、何か手を考えて突っつき、馬脚をあらわすように仕向けましょう」

松之助が言う。

「お庸ちゃんか清五郎さんが」綾太郎が言った。

「直接乗り込んで、『証拠は揃ってるんでぇ。有《あ》り体《てい》に白状しやがれ』って啖呵《たんか》を切るのが早道じゃねぇか？」

「いや。間際で嘘をつかれて逃げられちゃ面白くねぇ。おおよそのことを摑んで、逃げられねぇようにしてからにしてぇ」

「なるほど外堀を全部埋めちまうのか」

綾太郎がそう言った時、「ごめん」と言って、客が入ってきた。

庸、松之助、綾太郎はその客を見て表情を凍りつかせた。

能管の翁であった。

「能管はこの前見せただけだぜ」

庸は言った。

綾太郎が『とっ捕まえようか？』と庸に目配せする。

「やるならやってもよいが、お前は負けるぞ」

翁は言って上がり框に腰を下ろす。

綾太郎は途方に暮れたような顔で庸を見る。

「お前ぇ、武芸の心得があるな？」

庸は言った。翁は綾太郎が一瞬放った殺気を感じ取ったのだろうと思ったのだった。

「そのような無粋なものを身につけているものか」

翁は鼻に皺を寄せた。

「今日は何を借りてぇ？」

「能管を借りたいのは変わらぬが、無い物はないはずの湊屋に借りたい能管がない」

「お前ぇと同じ格好の爺ぃを六人雇って、確かめさせたようだな」

「馬鹿」翁はせせら笑う。

「そんな面倒なことをするものか」

「じゃあ、どうやった」

「わし一人で回った」

翁はニヤリと笑った。

「そんなこと、出来るはずはねぇ」綾太郎は言ってそっと手を懐に忍ばせる。

「出来るとすりゃあ、物の怪だ！」

綾太郎は握った数珠を翁に突きつけた。

「南無阿弥陀仏《なむあみだぶつ》！」

言った瞬間、数珠がパンッと弾けた。

珠が板敷や土間に落ちて一瞬の驟雨《しゅうう》のような音を響かせた。

「うわっ！」

庸、綾太郎、松之助は悲鳴を上げた。

「生兵法《なまびょうほう》は怪我の元じゃ。だいいちわしは物の怪ではない」

「そ、それじゃあ、何者でぇ！」

庸は虚勢を張って怒鳴り、立ち上がる。

膝が微かに震えので、脚に力を入れて踏ん張った。

「分からねば、姉に訊けばいいではないか」

翁は庸の胸元に視線を向ける。

庸はハッとして、守り袋を仕舞った辺りを手で押さえた。

おりょう姉ちゃん――。

と心の中で呼びかけたが、返事はない。

「ふん。修行で忙しいか」翁は立ち上がった。

「怯えていたのでは話が出来ぬな。出直すことにするか」

翁は高笑いして框から腰を上げ、ゆっくりと店を出て行った。

「ちくしょう！　脅かしやがって！」

庸は怒鳴ると帳場を飛び出した。草履を突っかけて外へ走る。

「あっ、お庸さん！」

松之助が叫ぶ。

「おれは瑞雲さんを呼んでくるぜ。留守番、よろしく」

と綾太郎も外へ駆け出した。

すぐに飛び出したはずなのに、翁は半丁《はんちょう》（約五五メートル）ほど先を歩いていた。

庸は全力で翁を追う。だが、のんびりと歩いている様子の翁との距離は、いっこうに縮まらない。

「どうなってやがる……」

息が上がった庸は、走るのを諦めて歩き始める。しかし、それでも翁との距離は半丁ほどである。

翁はおいらをどこかに導いている――。

走れば体力を消耗するし、歩いていれば日が暮れるかもしれない――。

そう思った庸は、急ぎ足になる。

翁は大きな通りを進んだり、小路に入ったりしながら、北東方向へ歩き続ける。

小さいその背中を睨みながら、この爺ぃは何者かと考えた。

手も触れずに数珠をバラバラに弾き飛ばしたのだから、ただの人でないことは確かだ。

強い法力をもつ行者か、仙人か？

物の怪なのか？

爺ぃの正体を知るためには手掛かりが少なすぎる。

ならば、分かっている手掛かりは――？

そうか。爺ぃが姿を消した場所。

もし本当に、爺ぃがほとんど同じ刻限に六箇所の出店を訪れたのだとすれば、姿を消した場所に〝仕掛け〟があるのかもしれない。

庸は江戸市中十二の出店のいずれにも行ったことがあったから、周辺の様子はよく知っていた。

庸は町の景色を頭に思い浮かべる。

両国出店に来た時は、小伝馬町二丁目と三丁目の間の辻を右に曲がった。その先にあるのは亀井町――。そこに何がある？

芝口出店の時は、三丁目の辺りで見失ったという。左右、どちらかは聞いていないが、どちらに曲がったとしてもその先は武家地だ。

日本橋通南二丁目出店は、元大工町の辺りで見失った。その先は呉服町か――。

麹町出店。平川町の辺りで見失った。平川町の南側は武家地が続く――。

庸はハッと目を見開く。

翁が消えた辺りの景色に、共通する物を見つけたのである。

亀井町の西側、小伝馬上町には千代田稲荷《いなり》がある。

芝口三丁目には日比谷稲荷。

元大工町には谷房稲荷。

平川町には平川天神だが——、爺ぃが消えた場所近くには神社がある。

いや——。

江戸に多い物は、

伊勢屋　稲荷に　犬の糞

と言われる。どこの町にも稲荷があり、個人で勧請《かんじょう》している家もある。稲荷はどこにでもあるのだから、爺ぃが江戸のどこで消えてもその近くには稲荷がある。ならば、手掛かりにはならないか——。

稲荷の眷属《けんぞく》は狐。しかし、狐が化けているにしては賢すぎる——。もしかすると爺ぃは神社から神社へ飛んだのかもしれない。そういう術があるとすれば、ほとんど同じ刻限に六箇所の出店を訪ねることは出来る。

だが、なんでそんなことが出来る奴が、能管を探す？　神通力で行方を探し出し、引き寄せることだって出来そうなものだが——。

一刻半《いっときはん》（約三時間）ほども追いかけたろうか。辺りはやがて雑木林の丘陵地の間に田畑や百姓家が点在する景色となった。

四里（約一六キロ）は歩いたろうが、ここはどの辺りだ——？

陽が中天から少し西に傾いた頃、後ろから駆けて来る足音が聞こえて、庸は振り向いた。

清五郎と瑞雲、綾太郎がこちらに走って来た。

「よく見つけましたね」

庸は横に並んだ清五郎に言った。

「瑞雲どのの言うとおり走って来た」

清五郎の息はまったく乱れていなかった。

「途中まではおりょうの守り袋の気配を追った」瑞雲は腰から汚い手拭いを取って吹き出す汗を拭う。

「少し前からあいつの気配を追った」

と、前を歩く翁を顎で差した。

「清五郎さんも糞坊主も速すぎるぜ」

綾太郎はゼイゼイと荒い息をしながら言った。

「あの爺ぃは何者だい？」

庸は瑞雲に訊く。

答えようとする瑞雲を制し、清五郎が悪戯っぽく笑う。

「それは自分で解いたほうが面白かろう」

「お庸ちゃんと同じようなことを言うぜ」

綾太郎は苦笑した。

「どのくらい解いた？」

瑞雲が訊く。

「あの爺ぃ、神社を使って飛び回っているんじゃないかってことぐれぇだ。人なのか物の怪なのかも判断つかねぇ」

「ここは石神井《しゃくじい》村の近くだって聞けばどうだ？」

「石神井村……」

庸は眉をひそめる。

石神井神社ってのがあったはずだが、なぜ爺ぃはそこへ飛ばなかった？

やはり、おいらを導いていたのか――。

「石神井神社が関わっているのか？」

「直接関わっているかどうかは分からぬが、お前、翁が信濃のほうの訛《なまり》があると見抜いたろう？」

「信濃が石神井にどんな関係がある？」

「少し手掛かりをやろうか」清五郎が言った。

「石神井神社のご神体を知っているか？」

「石がつくから、石に関係している物でございましょうか？」

「そう。石棒だ」

「セキボウ？　石の棒でございますか？」

「そう。麻羅《まら》（男性器）を模したものだとも言われている」

清五郎はニヤニヤ笑いながら自分の股間を鷲掴みにした。

庸の顔は一瞬で赤くなった。

「嫌らしい物ではないぞ」瑞雲が言う。

「命を生み出す物として大昔から信仰の対象だ」

「そのぐらい分かってらい！」

「石棒をご神体とするのは、諏訪《すわ》辺りが起源だという。ミシャグジという神だ」

清五郎が言う。

「ああ……。諏訪は信濃国でございますね」

「そして石神井の辺りの田畑からは石棒がよく出てくる。そして、それは神の石としてあちこちの神社や祠《ほこら》に祀られている」

「とすると……。あの爺ぃはそのミシャグジっていう神さまでございますか？」

「ミシャグジそのものであるかどうかは分からねぇが、この辺りの畑から出た石棒の神であることは確かだろうな」

「この辺りの土地神でございますか」

「その通りじゃ」

声がして、庸は驚いて立ち止まった。

目の前に翁が立っていて、ニコニコと笑いながら庸を見ていた。

「いつの間に……」

「わしの土地じゃからのう。出るも引っ込むも自由自在じゃ」

「お前ぇ、石神井神社の神か？」

「違う違う」翁は顔の前で手を振る。

「清五郎が言うたであろう。あちこちの神社や祠に祀られていると。この辺りは神《かみ》宿《しゅく》村。わしはその土地神じゃ」

「なぜ清五郎さまの名前を知っている？」

「神さまだからじゃ。お前はお庸。そっちは瑞雲と綾太郎」

「本当《ほんと》に神さまなのか……」

庸は怯えた顔になる。

「ああ、ぞんざいな言葉遣いは許してつかわす。いつも通りの言葉でよいぞ」

翁は偉そうに言った。

庸は気を取り直し、

「で、土地神がなんで能管なんか探す？」

と訊いた。

「自分で解いたほうが面白かろう」

翁はニヤニヤ笑った。

「お前までかい」

綾太郎は嫌な顔をする。

「神というものは、対峙する者によって変化するのだ。豊作を祈る者には田の神、畑《はた》の神。獲物を求める者には山の神。時に男神《おがみ》、時に女神」

翁はナヨナヨと科《しな》を作って見せる。

「どうせなら別嬪《べっぴん》の女神で現れろよ」

「お前は男が好きであろう」

「爺ぃは趣味じゃねぇやい」

庸は翁と綾太郎のやりとりに割り込む。

「貸し物屋に来るのは何かを借りたい奴だ。借りたいのはそれが無いから。ってことは、お前ぇは能管を必要としているのにそれが無い。だから湊屋の本店、出店を回った」

「ふむふむ、それで？」

翁は庸に向き直る。

「能管は〈神降ろしの笛〉とも呼ばれる。大昔に神を降ろすために使っていた石笛《いわぶえ》と同じ音がするからだって聞いたことがある。神を降ろす笛なんだから、神は使わない。人が使う物だ」

庸はすっと手を伸ばして翁の胸に触れようとした。

しかし指先は翁の体をすり抜けた。

「やっぱりな。お前ぇは幻だ。降りて来ていねぇ」

「えっ？」綾太郎が声を上げる。

「どういうこってぇ」

「神降ろしの笛がないから、降りようにも降りて来られねぇ。そろそろ田興《たおこ》しや種まきが始まるってぇのに神が降りて来なきゃ、今年は凶作になるかもしれねぇ――。ここまではどうだい？」

「いい線をいっておる」

「お前ぇは、神は対峙する者によって変化するって言った。お前ぇは土地神だが、田の神にもなれば山の神にもなる。いつもなら今頃は山から降りて田の神になるはずだった。だけど、能管が無いからそれが出来ねぇ」

「うむ。当たっておるな。神宿村では早春に〈鍬立《くわたて》〉、晩秋に〈刈穂《かりほ》〉という能を行う。〈鍬立〉で田の神に変じ、〈刈穂〉で山の神に変じる」

「おそらく、村の能楽師の能管吹きが、金に困って能管を湊屋のどこかの出店に売った――。もう、九段下出店って言っちまおうか。なぜ古道具屋や質屋に持って行かなかったかっていうと、古道具屋の店先に並べばすぐに買われるかもしれねぇ。質屋なら流れるってこともある。けれど貸し物屋なら貸し物にされるだけで、ずっと店にある。金が出来たら買い戻そうって魂胆だったんだろうよ。ところが、まだ金の工面が出来ないらしく、能管は九段下出店に置かれたまま――。それでお前ぇが業を煮やして動き出した」

「そこまで分かっておるならば、もう大丈夫だな」

翁はニッコリと笑った。

「大丈夫じゃねぇよ。なんでおいらたちに迷惑かけるんだよ。湊屋本店や出店に出て来ねぇで、能管吹きのところに出て、どやしつけりゃあよかったじゃねぇか」

「金の無い長吉《ちょうきち》のところへ出ても、能管を取り戻す方法はない」

「能管吹きは長吉って言うのかい――。金が無《ね》ぇんなら、こっちに出ても同じじゃねぇか」

「九段下出店の太七郎が清五郎に隠れて商売をしようとしている。出店の店主の悪さは本店の主の責任であろう？」

「太七郎が誰かに能管を売ろうとしているのか？」

清五郎は苦笑した。

「左様。長吉から買い取った値段の十倍ほどで買いたいっていう奴がいるようだ。あれはなかなかの名品じゃからのう――。それが分かったから、わしは少々慌てた。だが、湊屋ならば、両国出店にお庸がおるということに気づいた。お前は我ら土地神の世でも少々有名だからのう」

「おいらが有名だって？」

驚いて庸の声が裏返る。

「隠世《かくりょ》の者らが時々世話になっておるようだからな。隠世と土地神の世は隣り合っておるからお前の名は知れておる」

「凄ぇなお庸ちゃん」綾太郎は感心して首を振る。

「後ろに神さまがついているのかい」

「それならもっと楽に暮らせるようにしてくれよ」

庸は鼻に皺を寄せる。

「愚か者。神々は人々のためにいるのではない。人々が神に奉仕するために存在しているのだ」

翁は胸を張った。

「偉そうに」

「神さまだからな」翁はさらに胸を張り、清五郎に顔を向ける。

「太七郎は能管の価値を知りながら、安い銭で買い叩き、高く売りさばこうとしている。湊屋の主はそれを黙って見ておっていいのか？」

「そういうわけにはいくまいな」

清五郎は肩を竦《すく》めた。

「ならば能管を取り戻し、長吉へ返せ」

「それじゃあ、湊屋の損だ」

庸は言う。

「わしの姿を目の当《ま》たりにしたではないか。眼福《がんぷく》であろう」

「それでトントンだってのかい」

庸は呆れて言った。

「神さまの御利益などそんなものだ」

翁は大声で笑う。その姿が少しずつ薄くなり、背景の林を透かした。

「おい！　後は丸投げかい！」

庸は怒鳴る。

「神さまだからのう」

翁の声と高笑いだけが残り、風のように消えた。

「さてご託宣通り、太七郎にお仕置きをしなきゃならねぇな」

清五郎は踵を返して歩き出す。

「能管が売られる前にな」

瑞雲が続く。

「怪しまれねぇように騒ぎが収まるまでは売りはしねぇと思いますがね」

綾太郎が言った。

「だけど、落着は早いに越したことはありません」

庸は走り出し、清五郎を追い越した。

六

湊屋九段下出店に着いたのは空が藍色に暮れた頃であった。瑞雲は寺へ帰った。

閉店間際の土間に清五郎と庸、綾太郎が入ると、その顔ぶれに番頭、手代の顔が緊張した。

そして、手代の九助が慌てて「主を呼んで参ります」と言って奥に走り、別の手代が「こちらへ」と言って座敷に案内した。

商談などに使っているのだろう十二畳ほどの座敷に通されると、燭台《しょくだい》が灯《とも》され、すぐに小女が茶と菓子を持って来た。

間もなく廊下に小走りの足音が聞こえ、障子が開いて正座した太七郎が深々と頭を下げた。

「ようこそお越しで」

上げた太七郎の顔は観念しているように見えた。懐に、古びた錦の袋に入った細長い物が差し入れられている。

「用件は分かっているようだな」

清五郎は錦の袋を見ながら言った。

「神宿村へお出かけでございましたか……」

太七郎は廊下に座ったまま言う。

「幾らで買った？」

「一両でございます」

「幾らで売るつもりだった？」

「十両でございます」

「狡《こす》っ辛《から》い商売をするんじゃねぇよ」

清五郎は手を差し出す。

太七郎は座敷に入って障子を閉めると清五郎の前に進み、懐から出した錦の袋を清五郎に渡した。

「つい、欲が出てしまいました」

太七郎は平伏する。

「これは長吉に返すぜ」

「ご老人がお出でになった時、これは大変なことになったと思っておりました」

「あれは神宿村の神さまだったよ」

「えっ……」

太七郎は驚いた顔を上げる。

「長吉に渡した金はお前の懐から出したものか？」

「はい。お店のお金には手を出しておりません」

「不幸中の幸いだったな。このまま誰かに売っていれば、お前は湊屋の名を使って自分の懐だけを肥やす商売をするところだった」

「はい……」

「本店に戻ってちょいと修業をし直してもらわなきゃならないな」

「えっ――。まだ雇っていただけるので？」

「湊屋から放り出されたとあっては、どこも雇っちゃくれめぇよ。そうなりゃあ家族が路頭に迷うだろうが」

「ありがとうございます……」

太七郎は啜《すす》り泣き始めた。

「お庸」

清五郎は庸に錦の袋を渡す。庸はそれを押し戴いて膝の上に置いた。

「明日、神宿村に行って長吉に返してやりな」

「はい」

庸は肯いた。

「それじゃあ、太七郎、明日は本店のほうへ出て来な。九段下出店にゃあ、本店の番頭の一人を入れることにする」

清五郎が腰を浮かす。

「清五郎さん。出された菓子と茶が無駄になっちまいやすよ」

綾太郎が言った。

「小女に回してやりゃあいいだろうが」

「小女は何人だい」

綾太郎は太七郎に訊いた。

「三人でございます」

「ほれ。数は合うぜ」

清五郎は笑って座敷を出た。

「左様でございますね」

綾太郎は残念そうに菓子を見ながら席を立つ。

庸は笑いながら後に続いた。

❖

翌朝。庸がまだ暗いうちに蔀戸《しとみど》を上げると、店の前に人影が佇んでいた。

「あっ、ビックリした。掃除が終わるまで店は始めねぇぜ」

庸は人影に言った。

「待っております」

消え入りそうな若い男の声だった。

「何を借りに来た？」

庸は行灯に灯を入れながら訊いた。

「能管でございます」

その答えにピンときた。神宿村の長吉だ。

「へぇ。能管かい。何に使う？」

「小正月の行事でございます」

「自前の能管はないのかい？」

庸は長吉に上がり框に座るよう勧めた。

長吉は頭を下げて座り、庸は前に立った。

継ぎ当てだらけの野良着に、髷《まげ》は藁《わら》で結っている。百姓である。

「それが……。おっ母さんの薬を買うために売ってしまったので……」

「おっ母さんの病は癒《い》えたのかい？」

「はい。お陰さまで……。冬の間に日雇いの仕事をして、小正月の行事までには買い戻そうとしたのですが、金策が間に合わず……」

「それで、借りてすまそうと思ったかい。だけど小正月まではまだ間があるぜ。もうちょっと足掻《あが》いて金策したらどうだい？」

「はい。そう思っていたのですが、昨夜、夢枕に立ちまして……」

「誰が？」

「ご老人でございます。投頭巾に袖無羽織を着て、軽衫を穿《は》いた、白髭のお年寄が夢枕に立ち、『明日の朝、湊屋両国出店に赴き、能管を借りれば大吉』と仰せられました」

土地神の爺ぃか――。

神さまならこっちの動きは分かっていように、待っていられず長吉をたきつけたか。せっかちな爺ぃだ――。

「ハッと目が覚めて、なるほど小正月は借りて済ませて、次の行事までに能管を買い戻せばよいと思いました。しかし、ならば九段下出店に行って本物を借りればよいと思ったのですが、まずは夢のお告げの通りにと、すぐに家を出て参りました」

「ちょいと待ってな」

庸は二階に上がり、古ぼけた錦の袋を取ると、店へ戻った。

「あっ！」

長吉は庸が手に持った錦の袋を見て声を上げた。

「確かに大吉だったぜ」

庸は長吉に袋を差し出す。

長吉は震える手でそれを受け取ると、紐を解いて中から能管を出した。

全体は樺巻きで黒い漆塗り。古いものだからであろう、艶は失われていた。指穴の周りは朱色。ここも擦れて所々篠竹の地が見えている。

「これは、神宿村の〈宿神《しゃくじ》〉でございます」

「銘はシャグジかい」

「いえ、〈宿る神〉と書いて〝しゃくじ〟と読みます。村の名の元となりました」

「湊屋の本店や出店にも、お前ぇさんの夢枕に立った爺ぃが来てな。お前ぇさんに〈宿神〉を戻そうと、いろいろやられた」

「えっ？　あのご老人は実際にいる方なので？」

「神宿村の土地神だとよ」

「ええっ！」

長吉の顔が青ざめる。

「〈宿神〉がここにあるのは、その土地神の思し召し。大切な物だからお前ぇさんに返すようにって、本店の旦那から言われた。今日、神宿村に出かけるつもりだった」

「左様でございましたか……」

「長吉よ、神さまに助けられたって安堵するんじゃないぜ」

庸は真剣な顔で言った。

「はい……」

「神さまはお前を助けたんじゃなく、小正月の行事に必要だから、〈宿神〉を取り戻しただけかもしれねぇ。これから神罰が下るかもしれねぇから覚悟はしておきなよ」

「はい……。おっ母さんの病が癒えましたから、思い残すことはございません」

長吉は〈宿神〉を袋に戻し、紐を縛ると懐に差した。そして、

「あの、損料《そんりょう》（借り賃）のほうは？」

「いらねぇよ。旦那からは『返すように』と言われたんだ。お前ぇさんが九段下出店から受け取った金は、誰かが陰徳を積んだってことで気にしなくていい」

「ありがとうございます！」

長吉は土下座して額を土間に擦りつけた。

「おいらは何にもしてねぇよ。走り回っただけだ。もし申し訳ないと思うなら、畑で美味《うま》い野菜が採れたら、本店へ届けな」

「必ずそういたします」

長吉は立ち上がり、店を出たが、何度も何度も立ち止まり、頭を下げて帰って行った。

お庸はそれを見送ると、店の掃除を始めた。

「助言出来ずにすまなかったな」

童女の声がしたのでそちらを振り向く。

赤い花柄の着物を着た、尼削《あまそ》ぎの髪の童女が帳場に座り、庸がよくするように頬杖をついていた。庸の姉、りょうの霊であった。

「忙しかったんだろ。いつものことじゃねぇか」庸は言って雑巾の水を絞り、板敷を拭く。

「それはそうと、おりょう姉ちゃん、隠世でおいらのことを言いふらしてるのかい？」

「わたしが言わずとも、お前に世話になった亡魂らがあっちこっちで話しておる。ますますお前を頼る亡魂が来るぞ」

「冗談じゃねぇや。生身の人の面倒をみるだけで精一杯なのによう。今回は神さままで出てくるし」

「まぁ、そういう徳を積んでおけば、どうしようもない一大事の時に役に立ってくれよう」

「嘘だね。亡魂や神さまは気まぐれだからあてにならねぇよ」

「神仏の救い方はいろいろだからな。苦しみを与えることも救いになることはあるし、死もまた救いとなる」

「そんな高尚な救いなんか求めてねぇよ。人は生きててなんぼさ」

「わたしは死んでいるが人の役に立つことを目指して修行している」

「姉ちゃんは別さ。おいらなんか煩悩の塊だよ。生きていてぇし、美味い物も食いてぇ」

「それに、惚れた男と添い遂げたいか」

からかうような口調に、庸はキッとりょうを睨もうとした。

しかし、帳場はもぬけの殻。りょうは家に帰ったようであった。

微かに梅の香が漂ってきたように思ったが、それはすぐに消えた。

春の訪れの香りか、それともりょうの残り香か——。

庸は手桶の水を捨てると、胸一杯空気を吸って、帳場に座った。東側が橙色に染まり始めた矢ノ蔵の前を、松之助が走って来るのが見えた。

魚屋指南

一

桜の季節である。上野の寛永寺《かんえいじ》は桜の名所だが、公方さまの墓所で花見の宴を繰り広げるわけにもいかず、庶民は王子村の飛鳥山《あすかやま》辺りへ繰り出すのだった。

町内に咲く桜の下で賑やかに飲み食いする者も多く、暖かい風に乗って、歌舞音曲《かぶおんぎょく》や魚を七輪で焼く匂い、人々の笑い声が両国出店《でだな》にも届いた。

そんなある日、庸《よう》は身なりのいい若い男が物珍しそうに店内をうかがっているのに気づいて、松之助《まつのすけ》に目配せした。

松之助は肯いて板敷を降り、店の前から声をかけた。

「何をお探しですか？」

「ああ」と男は松之助に顔を向ける。

今まで何の苦労もなく育ってきたかのような、人の良さそうな顔である。

庸は、おそらくそこそこ儲かっている店《たな》の若旦那だろうとふんだ。

「天秤棒《てんびんぼう》。あるかい？」

男は微笑《ほほえ》みながら訊く。

「何に使うつもりでぇ」

庸は眉根を寄せて訊いた。およそ天秤棒を必要とするようには見えなかったからだ。

「魚屋になるのさ」

男はけろっとした顔で言う。

「なんでぇ、家を追い出されたかい」

庸が言うと、男は眉をひそめた。

「客相手に、ずいぶん乱暴な口をきくんだね」

「言葉が荒いのはおいらの看板さ。気に入らねぇなら、よそへ行ってくんな」

「ここが一番近い貸し物屋だって教えられた。よそへ行くつもりはないよ」

「なら、おいらの言葉遣いにゃあ文句をつくねぇ」

「分かったよ」男は肩を竦める。

「で、天秤棒、貸してくれるかい？」

「裏の納屋に何本かある。長さとか重さとかいろいろあるから、松之助に見せてもらいな」

庸が言うと、松之助が「こちらへ」と言いながら男を裏手に誘《いざな》った。

「どんな事情があるんだろうね」

帳場の脇の暖簾《のれん》をたくし上げて、蔭間《かげま》の綾太郎《あやたろう》が顔を出した。今日の追いかけ屋である。

「道楽に金を使って、親に勘当されたとか」庸は筆を置いて言う。

「それで面倒見のいい番頭か誰かが、『一生懸命働いている姿をお見せになれば、きっと旦那さまも許してくださいます』とかなんとか言って、仕事をすることを勧めた。それで世間知らずの若旦那は、『なら魚屋がいい』なんて気軽に言った」

「ありそうだ、ありそうだ」綾太郎は笑う。

「魚屋はあんな奴に勤まりやしないよ。朝は早いし、気が強くなきゃ商売敵《しょうばいがたき》にいい魚を取られちまう。それに、おれも魚屋をよく知らねぇが、魚河岸《うおがし》に顔を通さなきゃならねぇだろうし、親方みてぇな奴の下につかなきゃならねぇかもしれねぇし。天秤棒を借りてすぐに出来るもんでもねぇだろう」

「そうだよなぁ。別な仕事を選んだほうがいいって諭すべきかなぁ」

「それは余計なお節介ってもんさ」綾太郎は顔の前で指を左右に振る。

「お庸ちゃんの悪い癖だぜ。やってみて失敗して学ぶ。子供だってそうだろうが。何でも手助けしてりゃあ、何にも出来ない大人になる」

「そうだよなぁ」庸は店の裏のほうへ顔を向ける。

「そうやって育って、あんなになったんだろうからな」

「あいつ、天秤棒を担いでどこへ行くか尾行《つけ》てみようか」

「今、余計なお節介だって言ったばかりじゃないか」

「お庸ちゃんの景迹《きょうじゃく》が当たっているかどうか、気になるじゃないか。あいつはこの店が一番近いって言ってたから、遠くてもせいぜい五丁（約五五〇メートル）ってとこだろ。尾行てもたいした時はかからねぇよ」

綾太郎がそう言った時、男が危なっかしい腰つきで魚用の桶をぶら下げた天秤棒を担いで現れた。

綾太郎はそっと帳場の裏に戻る。

「魚屋に必要そうなもの、とりあえず一揃いお貸しします」

後ろから戻ってきた松之助が苦笑いして、棚から俎《まないた》や包丁《ほうちょう》を取り、桶の中へ入れた。

「魚屋ってのは客に求められれば魚を捌《さば》かなきゃならねぇんだぜ。お前《め》ぇ出来るのか？」

庸が訊く。

「出来るわけないじゃないか。これから学ぶんだよ」

男はけろっと答える。

「それじゃあ、魚を売り歩けるようになるまで幾月かかるか」

「これでも習い事の筋はいいんだ。すぐに覚えるよ」

「おいらは、別の商売にしたほうがいいと思うがね」

「魚屋じゃなきゃ駄目なんだよ。で、損料《そんりょう》はいくらだい？」

「その前ぇに、名前と在所を書いてくんな」

庸は帳簿を男に渡す。松之助が硯《すずり》と筆を用意した。

男は綺麗な文字で、サラサラと書いた。

長浜町　さくら長屋　精一郎《せいいちろう》

長浜町は江戸橋近く、魚河岸の側の町である。

「お前ぇどこかのお店の若旦那だろ？」

庸は訊いた。

「関係ないだろ」

精一郎は頰を膨らませた。

「どんな商売だってよぉ、誰かについて習わねぇと、ものにならねぇぜ」

「余計なお世話だよ。で、損料は幾らなんだい？」

庸が仕方なく一日の損料を告げると、精一郎は財布を出した。

「とりあえず十日分、払っておくよ」

精一郎は松之助に損料を渡すと、天秤棒を担いで出て行った。肩に担いだ棒を両手で持っているため、提げた桶が不安定に揺れた。

「紐を持たなきゃ駄目だぜ」

庸は帳場から声をかけたが「余計なお世話って言ったろ！」という声が返ってきた。

「やっぱり、ちょっくら見て来るよ」

綾太郎が帳場の裏から出て、土間の草履を引っかけた。

「放っとけばいいんですよ」松之助が言う。

「ああいう手合は、自分は出来ないんだっていうことを目の当たりにしなきゃ分からないんです」

「まぁ、おれもそう思うんだけどさ」

言って綾太郎は外に駆け出した。

「おれもそう思うんだけどさ」松之助は綾太郎の口まねをして、付け加える。

「省かれたのは、だけど、お庸さんの顔が『行って来い』って言ってるからって言葉ですね」

「おいらはそんな顔してねぇよ」

庸は鼻に皺《しわ》を寄せた。

二

靄《もや》なのか、乾燥した畑の表土が風に舞い上げられているのか、青空はぼんやりと白っぽい。堀の水草の側では小魚がキラリキラリと光っていた。

精一郎は横山町の道を進み浜町堀を越え、さらに真っ直ぐ歩く。道浄橋《どうじょうばし》を渡って伊勢町堀に沿い江戸橋方向へ向かった。

途中で右に曲がり、長浜町のさくら長屋に入った。

「やっぱりここか――」

綾太郎は木戸の名札を見上げる。

精一郎は一番奥の部屋に入った。

綾太郎はそれを確かめると木戸をくぐって、精一郎の部屋から二つ離れた、丸に〈魚勝《うおかつ》〉と書かれた腰高障子を叩いた。

「勝之介《かつのすけ》。いるかい?」

『その声は綾太郎さんですかい? どうぞお入りくだせぇ』

と、声が返った。

障子を開けて、綾太郎は三和土《たたき》に入る。

色は黒いが整った顔の若者が正座して頭を下げた。入ってすぐの流しに、丸桶《まるおけ》が逆さに置かれている。洗ったばかりのようでまだ濡れていた。壁には天秤棒が掛けられていた。

勝之介は堀江六軒町――、通称葭町《よしちょう》の蔭間長屋には住んでいなかったが、綾太郎たちと同様、恋の相手を男とする者であった。蔭間として客を取ることはなく、魚屋を生業《なりわい》としている。色々あって、綾太郎や蔭間長屋の連中と仲良くなった。

男が男を恋愛対象とする行為は、武士では衆道《しゅどう》と呼ばれた。すでに鎌倉時代の文書に見られ、江戸期では三代将軍家光が男性にしか興味を持たなかったという話は有名である。

庸の時代、五代将軍綱吉の治世であったが、綱吉もまた衆道に耽《ふけ》っていた。恋愛対象の小姓を多くお側に置き、桐御殿と呼ばれる屋敷に住まわせた。城内の桐之間でその者たちと楽しんだから、彼らは桐之間御番と呼ばれた。

庶民の間でも男色は珍しいものではなく、男色《なんしょく》、菊華《きっか》、菊契《きくちぎり》などと呼ばれた。

当時、歌舞伎役者の女形《おんながた》とその支援者であるとか、店の主《あるじ》や番頭が小僧に手を出すという関係はよくあった。

商売としての蔭間は十代の若衆に限られていて、多くの蔭間茶屋の男娼はそういう男子しかいなかったが、客の好みは様々で蔭間長屋の面々は、その〝様々〟に対応していたのであった。それでも、若衆と遊ぶことについては寛容でも、成人男子同士の恋愛には目くじらを立てる者たちも多かった。

蔭間長屋の者たちは生き辛い世を生きているのである。

綾太郎は上《あ》がり框《かまち》に腰を下ろし、

「最近、精一郎って奴が越して来たろう？」

と訊いた。

「お庸さんとこに行きやしたか」

勝之介が答えた。

「なんだい。お前が紹介したのか」

「へい。あっしも常連ですが、綾太郎さんは、あっしより足繁く湊屋の両国出店に出入りしていらっしゃるんで、お庸さんとこに行けば、綾太郎さんに繋がると思いやして」

「お前と精一郎はどういう関わりなんだ？」

「関わりってほどのこともないんで。お客の息子ってだけなんでござんすが――」

「ふーん。理由《わけ》を話してみな」

「へい。精一郎さんは、日本橋の呉服屋備中《びっちゅう》屋の若旦那でござんす。おれは毎日、備中屋に魚を買ってもらってやす」

「やっぱりお店の若旦那かい。道楽でもして家をおん出されたかい」

「それが違うんで。若旦那が自分で家を出たんでござんす」

「気に食わないことでもあったのか？」

「これでござんす」

勝之介は小指を立てる。

「女郎に入れ込んだかい」

「いえ。素人の娘で」

「それなら何も問題はないんじゃないのかい？」

「そこがなかなか難しいところで」勝之介は困ったような顔になる。

「備中屋さんは、さる大店《おおだな》の娘を嫁にという話を進めてやして。精一郎さんは『そんなのはお父っつぁんが勝手に話を進めたこと』と相手になさいやせん」

「それで、家を出たかい」

「それもまた難しいところで」さらに困った顔で勝之介は言う。

「精一郎さんが惚れた娘は、『お蚕《かいこ》ぐるみで育った男なんか頼りにならない。あたしは、その日暮らしでも、魚屋のような威勢がよくて鯔背《いなせ》な男が好き』って言ったそうで」

「なんだい」綾太郎は驚いた顔をする。

「それで魚屋になりたいって？」

「へい……」

「馬鹿だねぇ」

綾太郎は呆れて首を振った。

「その通りで……。備中屋の旦那は精一郎さんの思惑なんかお見通しで、それであっしに相談を持ちかけて来たんで」

「あっ！　家を出られる前に、先に手を回してお前と同じさくら長屋の部屋を押さえ、それでお前に、魚屋の指南《しなん》を頼んだかい」

「ご明察で――。あっしが『若旦那。魚屋になるんなら、手ほどきをいたしやす。ちょうどうちの長屋に空き部屋が出ましたんで』と声をかけたってわけで。若旦那は疑いもせずに話に乗りやした」

「清一郎は備中屋の旦那の掌《てのひら》の上で転がされてるかい。どうせすぐに辛抱たまらず魚屋を諦めるって読みだな」

「そういうこって」

「だが、なんで湊屋《みなとや》出店に天秤棒を借りに行かせ、おれに繋がるように仕向けたんだ？　魚屋の指南はお前がするんだし、備中屋の旦那の思惑通り、精一郎はすぐに家へ帰るだろう。なのに、何か相談があるのかい？」

「心の処し方でござんす」

勝之介は真面目な顔で綾太郎を見た。

「心のって――」綾太郎は勝之介が何を言いたいのか察した。

「お前ぇ、精一郎に惚れてるのか？」

「へい……」と勝之介は泣きそうな顔になった。

「備中屋さんに毎日魚を届けるうちに」

「そいつぁ、困ったな……」

「精一郎さんは、惚れた女に気に入られるために魚屋修業をする。あっしは、それを助けるために魚屋指南をする。この辛《つれ》ぇ思いをどう処したらいいのか……」

「う〜ん。お前と精一郎の仲はどうしようもないぜ」

「そんなことは分かってるんですよ。だけど、これから魚屋指南をすれば、今までにないくれぇ、精一郎さんの側にいることになります。きっと、思いはますますつのるばかり。けれど、それの根底には、精一郎さんが惚れてる娘に気に入られたいって思いがあるんでござんす……」

「切ないなぁ……」

「あっしの思いは遂げられないってのは分かってやす。だから、自分が怖いんでござんす。魚屋指南に刃物はつきもの。『思いを遂げられないならいっそ』と、無理心中なんてことを考えやしないかって」

勝之介は膝の上で強く拳を握り、俯いた。

「そんなことをやっちゃならねぇよ！」

綾太郎は部屋に上がって勝之介の手を取った。

「綾太郎さんならどうしやす？」

勝之介は涙を溜めた目で綾太郎を見つめる。

「おれとお前は違うよ。逃げちまえよ」

「お得意さんが多いから、逃げるわけにゃあいきやせん」

「何十人に迷惑をかけても、人を一人、自分も入れて二人殺《あや》めるよりはいいだろうが」

「あっしの天秤は人殺しのほうへ傾きかけてやす――。ねぇ、綾太郎さんならどうしやす？」

「おれとお前は違うって言ったろう」

「あっしはもう、どうすりゃいいか分からなくなってるんですよ。綾太郎さんならどうするか、どうしても聞きてぇ」

「おれならか――」綾太郎は勝之介の手を離して考える。

「おれなら、刹那《せつな》を楽しむね」

「刹那を楽しむ――？」

「先のことなんか考えず、精一郎に魚屋の指南をするその刹那刹那を楽しむだろうな。だからおれは追いかけ屋なんてのを考えた。帳場の裏の狭い部屋に籠《こ》もってさ、暖簾一つを隔ててお庸ちゃんがいるってだけで幸せだと思う。声が聞こえればもっと幸せだ。まぁ、おれだけが小遣い稼ぎするわけにもいかねぇから、交替でやってるがな。これから先、お庸ちゃんはおれじゃない誰かの嫁になるだろう。だけどその日のことなんか考えない。その日が来たら、身も世もなく泣けばいい。だけど、まだそんな日が来てねぇんだから、先回りして苦しんだり悲しい思いをする必要はねぇ」

綾太郎は言葉を切り、照れたように笑う。

「馬鹿野郎。お前のせいで熱く語っちまったじゃないか」

「その日が来てないんだから、先回りして苦しんだり悲しい思いをする必要はない――、でござんすか」

「叶わない恋は山ほどしてきたが、おれは刹那に生きてるから楽しい日のほうが多い。悲しい日、苦しい日は一日で終わらせるからな」

「それもいいかもしれやせんね。悲しい日、苦しい日が一日で終わるかどうか分かりやせんが」

勝之介は溜息をついた。

「終わらせるんだよ。意地でもな。人の世の旅（人生）は一回こっきりで、それは自分のためだけにあるんだから」

「あっしは人のためにも生きたいですがね」

「人のためってのは結局、巡り廻《めぐ》って自分のためなんだよ」

「左様でござんすかね……」

「ところで、精一郎が惚れてる女ってのは、どんな奴だ？」

「浅草寺《せんそうじ》門前の水茶屋、丸屋《まるや》の看板娘でござんす」

「ああ、噂は聞いたことがある。おかつだっけ？」

「へい。ここ一年ほど入れ込んでいて、一度、池之端の出《で》合茶屋《あいぢゃや》に行ったって自慢げにお話しなさってました」

勝之介は唇を噛んだ。

出合茶屋とは、現代のラブホテルである。

「そうかい……。辛ぇことを訊くが、お前、諦められないか？」

「諦められるんなら、こんなに苦しみやせん」

勝之介は首を振った。

精一郎が水茶屋の看板娘かつに熱を上げたのがここ一年だとすれば、勝之介の苦しみもまた一年。

たった一年で音《ね》を上げるなと言いたい気持ちもあったが、耐性は人それぞれ。恋しい男に十日逢えなかっただけで首を括ろうとした蔭間を知っている。

勝之介は自分なりに辛抱をし続けているのだ。

「それじゃあ、ちゃんと指南するんだぜ。辛抱たまらなくなったら、話を聞いてやる。二人で方法を考えようぜ」

綾太郎は勝之介の肩を叩く。

「へい……」

勝之介は肯く。

「滅多なことをするんじゃねぇぞ。約束だからな」

綾太郎は言って三和土に降りた。

「約束しやす……。我慢出来なくなったら、相談しやす」

勝之介が頭を下げたのを確かめて、綾太郎は外に出た。

三

「うーん。どうしたもんかな……」

両国出店に戻って来た綾太郎の話を聞き、庸は腕組みをして考え込んだ。

「色恋の話は苦手でございますからねぇ」

松之助がクスクス笑う。

「うるせぇやい！　お前ぇだって同じだろうが。他人《ひと》をからかってねぇで、真剣に考えやがれ」

庸は顔を赤くして怒鳴る。

「そうですよね……。わたしも色恋のことはよく分かりませんが……、恋が成就出来ないのなら、いっそ相手を殺して自分もって気持ちは理解出来ません」

「そうだよな。相思相愛なのに添い遂げられないから、ならばあの世で結ばれようっていうんなら、分からんでもないけど——。いや、死んじまうより駆け落ちしたほうがずっといい」

「色々な恋の形があるんだよ」

綾太郎が物憂げに言った。

「だけど、殺すことや、死ぬことを選んじゃならねぇ！」

庸はドンッと帳場机を叩いた。

「なに剣突《けんつく》してやがんでぇ」

と言いながら土間に入ってきた若者がいた。よく陽に焼けた、鼻筋の通った男——。

庸の弟、幸太郎《こうたろう》であった。両親が凶賊に殺された後、父の後を継いで棟梁になるべく、修業中であった。

「剣突してるわけじゃねぇよ」

庸は口を尖らせた。

「正月にも帰って来ねぇから」幸太郎は上がり框に腰をかける。

「一緒に焼いて食おうと思って、餅を持って来たぜ」

と言って風呂敷包みを板敷に置いた。

「どうせ食い飽きて余った餅だろうが。もうガッチガチに固くなってるに違いねぇ」

庸は鼻に皺を寄せる。

「当たりぃ～」

と幸太郎は笑った。

「お相伴《しょうばん》にあずかってもいいですか？」

松之助が嬉しそうに言う。

「おお、そのつもりで持って来た。綾太郎さんも一緒にどうでぇ？」

「ありがてぇ。餅はいつ食ってもいい」

綾太郎は拝むような手つきをする。

「店を留守にするわけにもいきませんから、わたしが帳場に入っていますので、お先に三人で」

松之助は庸を帳場から追い立てた。

庸と幸太郎、綾太郎は奥の部屋に七輪を持ち込んで切り餅を炙《あぶ》る。

「それで、どんな話をしてたんでぇ？」

　幸太郎は台所から擂《す》り鉢《ばち》を持ってきて胡桃《くるみ》の実を擂り始める。

「呉服屋の若旦那が酔狂を起こしたって話さ。惚れた娘が、魚屋のような威勢がよくて鯔背な男が好きだって言うんで、ウチから天秤棒を借りてって魚屋修業をしてるんだ」

　勝之介の話は省略した。

「なんだい、そりゃあ」

　幸太郎は擂った胡桃に味噌とほんの少しの砂糖を加えて胡桃だれを作る。

「若旦那は真剣に修業してるのかい？」

「まだこれからだ」綾太郎が答える。

「今日、魚屋の道具一式を借りて行ったばかりだ。その修業、いつまで保《も》つかねぇって話してたのさ」

「保ちそうもねぇのかい？」

　幸太郎は胡桃だれを小皿に分ける。

「我《わ》が儘《まま》放題に育てられたようだからな」

　庸は小皿を受け取りながら言う。

「それでもまぁ、一生懸命やれば形だけならなんとかなるんじゃねぇか」

　幸太郎は「あちちっ」と言いながら七輪から切り餅を取り、半分に割る。餅が長く伸びるのを回しながら切って、胡桃だれにつけて一口嚙み切った。

「形だけねぇ」

「食っていけるだけの商売が出来るかどうかはやってみねぇと分からねぇよ」

「大工もそうかい？」

綾太郎は訊く。

「一生懸命修業しても手に入らねぇ天賦の才ってのがある」

「天賦の才か。世の中、不公平に出来てるねぇ」

「綾太郎さんの商売だってそうだろ？」

「器量のことを言ってるのかい？　蓼食《たでく》う虫も好きずきってね。人の好みには色々あるし、面相では選ばねぇって客もいるから、食うには困らねぇよ」

「だけど稼ぎには差があるだろう。大工も、誰でも棟梁になれるわけじゃねぇ」

「それでも、大工にゃあなれるだろう」

庸が餅を食いながら訊いた。

「いくら頑張っても半人前にしかなれねぇ奴もいるよ。そういう奴は早めに気づかせてやるのが、そいつのためだ。時を無駄にしなくてすむ」

「だけど、下手くそだって、どうしてもその仕事をしてぇって奴もいるだろう」

「いるさ。木の匂いに包まれているだけで幸せだって言って楽しそうに簡単な仕事を一生懸命やってる奴もいる。だけど、その若旦那、そういう手合じゃねぇだろ」

「確かにな……」

「早いとこ魚屋の厳しさを知らせて、諦めさせたほうがいいんじゃねぇのか」

「うん――」

そうすれば、精一郎は店に戻り、何か事が起こる前に、勝之介の悶々とした気持ちも収まるだろう。

「勝之介は厳しく出来るかねぇ」

庸は綾太郎を見る。

「いや」綾太郎は餅を頬張りながら首を振った。

「本来は威勢のいい男だが、相手が精一郎だとそうはいかねぇだろうな」

「なんだか話が見えてきたぜ」

幸太郎はニヤニヤする。

「へぇ。これだけでかい」綾太郎は感心した顔をする。

「さすがお庸ちゃんの弟だ」

「精一郎ってのがどこかの若旦那。勝之介ってのが魚屋。綾太郎さんの口振りから、勝之介ってのは綾太郎さんと同じ好みをもっている。たぶん、勝之介は精一郎が好きなんだが、精一郎は惚れた女の好みの男になりてぇと思って勝之介の元で修業することになった――。おおよそそういうことだろ？」

「ご明察だ」

庸は感心して言った。

「面倒なことに関わっちまったね、姉ちゃん」

「どうすりゃあいいと思う?」

「人の恋路を邪魔する者は犬に食われて死じまえってね。放っとくのがいいと思うぜ」

「刃傷沙汰《にんじょうざた》になりかねねぇんだよ」

「へぇ、勝之介はそんなに思い詰めてるのかい。それじゃあ、おれが言ったように、早いとこ精一郎に魚屋修業を諦めさせて、勝之介から離してしまうのが一番じゃないか」

「だから――」庸は苛々《いらいら》と言う。

「諦めさせるにも、師匠の勝之介は精一郎に厳しく当たれねぇんだよ」

「だったら、厳しく当たれる奴を差し向けりゃあいい」

「おれは駄目だよ」綾太郎が言った。

「魚屋はおろか、商売をしたこともねぇ」

「適任がいるじゃねぇか。商売をよく知ってるし、人を怒鳴りつけることを何とも思わねぇ奴がよう」

幸太郎は庸を見つめる。

庸は自分を指差す。

「おいらかい――」

「貸し物がちゃんと使われてるかどうか確かめるって言って、くっついていりゃあいい。姉ちゃんなら、我が儘一杯育った若旦那相手に、十数えるうちに十五は小言を言えるだろう？」

「馬鹿にするんじゃねぇ――」庸はしかめっ面をする。

「だけど、その手は使えるもしれねぇな」

「それじゃあ、お庸ちゃんが精一郎と勝之介にくっついている間、松之助の助《す》けに商才のある蔭間を追いかけ屋にするよ」

「うん、そうしてもらえばありがてぇ。だけど、一番の問題は、勝之介の心持ちが変わるかどうかだな……」

「精一郎を諦めさせる兵略を試しながら手を探せばいいじゃねぇか」

「言われなくても分かってるよ！」

庸がそう答えると幸太郎は「安心した」と言って立ち上がる。

「働きづめでヘトヘトになってるかなって思って心配してたけど、この様子じゃ大丈夫だな。あばよ。また来らぁ」

幸太郎は言って座敷を出て行った。

「いい弟さんだなぁ」

綾太郎が羨ましそうに言う。

「どこが。生意気なだけだぜ」

言いながらも庸は、幸太郎がずいぶん賢くなったと嬉しく思うのだった。

四

二日目の夜明け前。勝之介は空《から》の桶を天秤につけて外に出た。精一郎の部屋の戸をそっと叩くが、返事はない。

仕方なく、勝之介は腰高障子を開けた。心張り棒はかけないように言っていたので、障子は難なく動いた。

暗がりの中、手探りで精一郎の掻巻《かいまき》まで這い、揺すった。

恋しい男がすぐ目の前に寝ていると思うと胸が高鳴ったが、商売をしなければならないという思いのほうが勝った。

「若旦那、若旦那。魚河岸に出かけますよ」

勝之介が言うと、精一郎は唸りながら身を起こした。

「若旦那はやめてくれ」寝ぼけた声で言う。

「わたしは弟子なんだから、精一郎とか精とか呼び捨てにしておくれ」

「分かりました。それじゃあ、精一郎、出かけますよ」

「敬語も禁止だよ」

精一郎は起きて寝間着を着替える。真新しい股引を穿《は》いて、木綿の着物を尻端折《しりはしょ》りにする。

「精、行くぜ」

「あいよ、師匠」

精一郎は威勢よく答えると、自分の天秤棒を担いだ。

二人はまだ星の輝く空の下、少し北にある魚河岸に向かった。

現代のように冷蔵庫があるわけではない。氷室で冬の氷を保存する方法はあったが、それは身分の高い者たちが夏の暑さを凌ぐために口にする高価なものである。魚は朝早くに仕入れ、昼くらいまでには売り切らなければならない。

篝火《かがりび》が焚《た》かれた河岸には百艘を超える漁舟《いさりぶね》が舫《もや》われて、次々と魚が荷揚げされている。漁舟は後から後から接岸していた。

当時、日本橋周辺の魚河岸は一日で千両の金が動くと言われるほど賑わっていた。仲買人が魚を買い取り、台の上に並べる。その前には魚を仕入れに来た魚屋たちが大勢集まっていた。

まるで喧嘩をしているような商売の声が飛び交い、精一郎は気圧《けお》されて立ちすくんでいる。

勝之介は人混みを掻き分けて、次々に魚を仕入れる。

精一郎の分の魚も仕入れようと思ったが、初日であるからまずは見て覚えるところからと考え直し、いつも通りの数を買った。鰯《いわし》や芝エビを多めに。鯛《たい》、鮃《ひらめ》も少し仕入れた。

お得意さんに甘鯛が好きな大店の主《あるじ》がいて、入ったら持って来るようにと言われていたが、まだ早いのか、すでに誰かに買われたのか、どの仲買の店にも見当たらなかった。

仕入れを終えて人混みを離れた勝之介は、道端に立ち尽くす精一郎の元に歩み寄る。その頃には、空はずいぶん白んでいた。

「明日は、ちゃんと仲買の側まで来なきゃならねぇぜ。仕入れを覚えなきゃ、魚屋は出来ねぇ」

勝之介は余分にもらった笹の葉を精一郎の桶に敷き、自分の桶から魚を分けようとした。

「そいつはいけねぇぜ」

と、娘の声がした。

勝之介と精一郎がそちらを向くと、庸が腕組みして立っていた。

「お庸さん……」

勝之介は驚いて言う。

「貸し物屋がなんの用だい」

精一郎は眉間に皺を寄せた。

「貸した物をちゃんと使っているかどうか確かめに来たんだよ」

「余計なお世話だ」

「余計なお世話をするのが両国出店なんだ——。自分で仕入れてもいねぇ魚を、ウチの桶に入れるのはやめてもらおうか」

「若旦那——、いや、精は今日が初めてなんです」

「初めてなら、ただついて歩いて見て覚えりゃあいい。天秤棒なんか使う必要はねぇだろう」

「天秤を担ぐのも難しゅうござんすから、それも習わなきゃなりやせん」

「それなら、借りた天秤は長屋へ置いてきな。勝之介の天秤を担がせりゃあいい」

「それじゃあ損料がもったいないじゃないか」

精一郎が文句を言う。

「お前ぇが仲買から魚を仕入れるようになるまで、損料はなしにしてやるよ。さっさと天秤棒を置いて来な。早く商売をしなきゃ、魚の活《い》きが悪くならぁ」

庸に言われて膨れっ面になった精一郎は、判断を求め勝之介を見た。

「待ってるから置いて来な」

勝之介が庸の言いなりになったので、精一郎は不満そうだったが、さくら長屋のほうへ駆け出した。

「お庸さん。なぜここに？」

勝之介は訊いた。

「綾太郎が困ってたんでな。それに、精一郎が魚屋になりたいっていう理由が気に食わなかった。どんな商売でも、女の気を引くための道具にするもんじゃねぇ」

「女にもてたくて役者を目指す男もありやすがね」

「そういう奴は大成しねぇよ」

「何人か大成した役者もいるって話を聞きやすが」

「何百、何千人の中にゃあ一人ぐれぇは出るかもしれねぇが、精一郎は魚屋にゃあ向かねぇよ」

「あっしも、客に本性を知られれば、『魚が腐るぜ』と嫌われそうでございますが」

勝之介は苦笑する。

「そんな奴にゃあ魚を売らなきゃいいさ」庸は怒った顔をする。

「お前ぇは優しいから、精一郎に厳しく出来ねぇだろうからって綾太郎が心配してた」

庸は少し嘘をついた。

「だから来てくださったんで。すまねぇこってござんす」

「叱るのは慣れてるからこっちに任せな。お前ぇは、自分の商売をちゃんとしながら、精一郎に教えてやりゃあいい」

「へい。そのようにしていただければ、ありがとうござんすが、お庸さんの商売のほうは——」

「大丈夫だよ。松之助がいるし、綾太郎が商売が出来る仲間を寄越してくれるって言ってた」

「あっしのために、色んな人にご迷惑をかけてやすね」

勝之介が苦しそうな顔をする。

「違うよ。お前ぇのせいじゃなくて、精一郎のせいさ。魚屋になりてぇなんてことを考えなければ、こんなことになっちゃいねぇ」

「精一郎さんを悪く言わないでくだせぇ」勝之介は小さな声で言った。

「いい家でお育ちになったから……」

「だけど、それじゃあ世の中を渡っていける奴にゃあならねぇだろ」

「左様でござんすね……」

「まずは、精一郎の性根を叩き直そうぜ。魚屋になるにしろ、家を継ぐにしろ、何があっても世の中を渡っていけるようにな」

◆

綾太郎は、以前古物商に奉公していた蔭間を両国出店に送り届けた後、浅草へ向かった。

浅草寺門前の水茶屋、丸屋の看板娘、かつに会うためである。

丸屋は仕舞屋《しもたや》を改築したような店で、土間に床几《しょうぎ》を置いて客をもてなしていた。外にも何台か床几があり、午前はひっきりなしに茶や団子を求める者たちが出入りしていた。

綾太郎は、店が見える路地に身を潜めて、客が少なくなった頃合いを見計らって、外の床几に腰掛けた。

絣《かすり》に赤い襷《たすき》をかけた十七、八ほどの娘が歩み寄って来た。

「お客さん、中も空いてますよ。外はまだ寒いから、中で火鉢におあたりなさいな」

かわいらしい顔をした娘である。

「おかつちゃんかい？」

綾太郎は訊く。

「あら。男前に名前を知ってもらえてるなんて嬉しいわ」

かつは科《しな》を作った。

「おかつちゃんの名前は江戸中の男が知ってるぜ」

「あら嬉しい」

かつはニッコリと笑って、綾太郎の肩に触れた。

なるほど、精一郎はこの程度の接客にやられたかい――。

綾太郎は内心苦笑した。

「だけどさぁ」綾太郎は小声になる。

「備中屋の若旦那といい仲だって聞いたぜ」

かつは鼻に皺を寄せた。

「誰がそんなこと言いふらしてるんです？」

かつも小声である。

「若旦那本人さ」

「そりゃあ、ご飯に誘われて、一、二度ご一緒したことはありますけど、いい仲だなんて嘘です」

「なるほど。誘いを断れば、嫌がらせをされるかもしれないからなぁ」

「そうなんですよ」

かつは少しホッとした顔をした。

「ほかにもそんな奴はいるのかい？」

「まぁ、少しは」

とかつは言葉を濁す。

「おれが誘ったら一緒に飯を食いに行ってくれるかい？」

綾太郎が訊く。かつは一瞬、値踏みするような目で綾太郎の全身に視線を走らせた。

「男前だけど、どんな仕事をしてるのか見当もつかないから、ちょっと怖いですね」

「身元がしっかりしていなきゃ駄目かい？」

「だって怖いじゃないですか」

「そうかい。気が合えば、祝言《しゅうげん》を挙げることになるかもしれないもんな」

「そういうお年頃ですから」

かつは盆を抱くようにして、恥ずかしそうな表情を浮かべ、体をくねらせた。

「じゃあ、おれは駄目だな。遊び人だから」

「あら、残念」

「備中屋の若旦那は何が駄目だったんだい？」

「誰かに言っちゃ駄目ですよ」

かつは四方に視線を巡らせる。

「言わないよ。こう見えても口は固いんだ」

「精一郎さんは、頼りないもの。家を継いでも、あの人の代で身代を潰すのは目に見えてるわ」

「なるほど。そうかもしれない」

「だから、あの人と正反対の男が好みだって言ってやったんです」

「ほう。正反対っていうと？」

「魚屋」

「ああ、だからか」

綾太郎はポンと手を打って見せる。

「何がだからなんです？」

「若旦那は今、魚屋になる修業をしているぜ」

「えっ！」

かつは驚いて盆を落としそうになった。

「もし若旦那が魚屋になったら、一緒になってやるかい？」

綾太郎は問うたが、かつは眉間に皺を寄せて何か考え込んでいる。

「その気がないいんなら、若旦那は知らない仲でもない。おれが遠回しに魚屋になっても無駄だって話をしてやろうか？」

綾太郎がそう言うと、かつは疑うような目で見て、

「大丈夫ですよ。精一郎さんが魚屋なんかになれるはずないもの」

と言った。自分に借りを作ると危険だと判断したのであろうと綾太郎は思った。

「そうだよな。それほど根性がある奴じゃねぇもんな――。さて、おかつちゃんに振られたから、団子の自棄《やけ》食《ぐ》いでもしようか。二人前持って来てくんな」

綾太郎が話を切り上げると、かつはホッとしたように「まいどありぃ」と言って奥へ入って行った。

五

河岸で魚の仕入れを終えた勝之介は精一郎、庸と共に、さくら長屋へ戻った。

精一郎と庸を部屋に座らせると、夜のうちに炊いておいた飯を椀に盛る。三膳用意

しようとするから、庸は飯は済ませてきたと嘘をついた。魚屋はその日暮らしの商売である。自分まで飯をご馳走になるのは悪いと思ったのである。

勝之介と精一郎は漬け物で湯漬けを掻き込むと、すぐに外に出た。

「これからお得意さんを廻る。精も独り立ちしたらお得意さんを作らねぇと飯の食い上げだぜ」

と、天秤棒を担いだ。

「だけど、江戸の住人はみんなどこかの魚屋のお得意さんじゃないのかい？」

精一郎が訊く。

「決まった魚屋じゃなく、流している奴から買う客もいる。そういう客をいかにしてお得意さんにするかさ」

勝之介は木戸を駆け出す。精一郎と庸は後を追った。

勝之介は一気に北へ走り、神田川近くまで来ると、平永町、三島町、松田町の長屋を幾つも廻って南へ下る。時にはおかみさんたちに頼まれて、井戸端で魚を三枚に下ろしたり、刺身にしたりと、愛想良く雑談をしながら魚を売った。

本石町まで来た辺りでお得意先を廻り終え、町を流して残った魚を売った。

昼前には仕入れた魚は全て売り切り、さくら長屋へ戻った。

勝之介は井戸の水で桶や俎、包丁を洗う。

精一郎は自分の部屋に入って畳の上にひっくり返った。

「おい」庸は精一郎の戸口に立って怖い顔をする。

「洗い物は弟子がしなきゃならねぇだろ」

「もう駄目だ。一歩も動けねぇ」

精一郎は荒い息をしながら言った。

「ふざけるんじゃねぇぞ。魚屋になりてぇんじゃなかったのかい」

「今までこんなに走ったり歩いたりしたことはなかった。急に魚屋と同じようにしろったって無理な話だろうが。少しずつ慣れるから、今日は勘弁しろ」

「一歩も動けねぇって言ってるわりには、口はよく動くじゃねぇか」

「歩くのに使うのは足だ。口は使わねぇから疲れてねぇんだよ」

「口の減らねぇ野郎だぜ」

「口が減ったら飯を食うのも一苦労」

「馬鹿」

庸が呆れて顔をしかめた時、勝之介がその横から部屋に顔を突っ込み、

「精。一休みしたらまた仕入れに行くからな」

と言った。

「え？　まだ商売するのかい？」

精一郎は寝転がったまま言った。

「暖かくなってきたら、一日に二回町を廻るんだよ——。腹ごしらえしとくかい？」

「今食ったら戻しそうだ」

「なら、代わりにおいらが相伴にあずかるぜ」

庸は言った。朝飯を抜いたので目が回りそうなほど腹が減っていた。

「精一郎はついて歩くので精一杯だったな」

庸は湯漬けを啜《すす》りながら言う。

「そのうちに慣れやすよ」

勝之介は沢庵《たくあん》をポリポリと齧《かじ》る。

「奴もそう言ってたがな。明日は立ち上がれねぇくれぇ脚の筋が痛んでいるぜ」

「痛くても無理やり動かしてれば、フッと楽になるもんですが――。若旦那がそれを知っているかどうか」

「知らねぇだろうな」

「まぁ、慣れるには時がかかりやすから」

勝之介は茶椀を置いた。

「おいらが洗ってくらぁ。お前ぇは休んどきな」

庸は勝之介の椀に手を伸ばす。

「いえ。いつも通りやらねぇと体に怠け癖がつきやすんで。お庸さんこそ、慣れねぇことをしてお疲れでしょうから、お休みくださいやし。また同じくれぇ歩きやすから」

勝之介は自分と庸の椀と箸を持ち、部屋を出て行った。

「言葉に甘えるぜ」

言って庸は脹《ふく》ら脛《はぎ》を揉んだ。

❖

午後の売り歩きは夕方までかかった。精一郎は脚を引きずりながらも最後まで勝之介の後をついて歩いた。さくら長屋へ帰った時にはもう、口も利けない様子で、挨拶もせずに自分の部屋に転がり込んだ。

「よく頑張りましたね」勝之介は精一郎の部屋に声をかけた。

「もう少ししたら夕飯を届けやすから休んでいてくださいやし」

「敬語は使わないんじゃなかったのかい」

庸もさすがに疲れて、長屋の壁に背をもたせかけながら言った。夕陽が斜めに差し込み、庸は眩しくて目を細めた。

「よくついてこられたと感心しやして、思わず」勝之介は頭を掻く。

「お庸さん、明日もおいでなさいやすか？」

と、気遣わしげに訊く。

「新鳥越町の本店と何往復もすることがあるから、このくれぇは一晩寝れば大丈夫さ」

「左様で。無理はなさらないでくださいよ」

「もし、精一郎が動けないようだったら、おいらも休ませてもらうよ」

言って、庸は手を振り木戸を出た。

❖

庸が両国出店に戻ると、綾太郎が待っていた。帳場に座っていた松之助は茶を淹《い》れに立ち、手助けに来ていた中年の蔭間が「それじゃあわたしはこれで」と言って帰って行った。

「ずいぶん疲れてるようだな」

綾太郎は微笑みながら言う。

「一日歩き回ったからな。少々こたえた」

庸は帳場に座る。

「精一郎はどうだった?」

「なんとか最後まで歩き通した。まぁ、よくやったってところかな」

「ふん——。看板娘は、精一郎が魚屋になったとしても、嫁になるつもりはねぇんだがな」

「やっぱりか」

「ああ。玉《たま》の輿《こし》を狙って、いい男を探してる。精一郎は最初《はな》っから相手にしてねぇようだ」

「最初っからか？」

「魚屋になっても、家を継いでも先は見えてるってさ」

「男を見る目は、勝之介よりあるってわけだな――。さて、どうするかな」

庸は顎を撫でた。

「そのことを精一郎に伝えるかどうかですか？」

奥から出て来た松之助が帳場机に湯飲みを置く。

「伝えたって信じやしないさ」

庸は茶を啜りながら言った。

「すんなりと落着とはならねぇようだな」綾太郎が言う。

「明日はどうするんだ？」

「釣り道具を持って行くよ」

庸は答える。

「釣り道具？」

綾太郎と松之助は同時に言う。

「そう。たぶん、必要になる――。まぁ、明日帰って来てから顚末《てんまつ》は教えてやるよ。

さぁ、店仕舞いするか」

庸は立ち上がった。両脚が重く張り始めていた。

六

まだ暗いうちに、庸は三本継ぎの竹竿を大きな掛け軸の木箱に入れ、その他の釣り道具を風呂敷に包み、長浜町へ向かった。昨夜、湯屋で充分に脚を揉んだので、疲れはさほど残っていない。途中、仕込みをしている饂飩《うどん》屋へ寄って、饂飩の切れ端を丼に一杯分けてもらった。

さくら長屋へ行くと、精一郎の部屋の腰高障子は暗いままだった。勝之介の部屋には明かりがある。

「庸だ。開けていいかい?」

勝之介の腰高障子の前で問う。

「どうぞ」と声が返ったので、庸は障子を開けて三和土に入った。

勝之介は庸の持つ木箱を見て、

「それ、何でござんすか?」

と訊いた。

「中身は釣り竿だよ。精一郎が動けねぇって泣き言を言ったら使おうと思ってな」

「釣り竿を何に使うんでござんす?」

「お前ぇは気にしなくていいよ。帰ってきたら手伝ってもらわぁ」

「へい……」

「それで、精一郎は？」

「お察しの通り、動けねぇそうで」

勝之介は苦笑した。

「それじゃあ、今日、おいらは精一郎の面倒を見るよ。お前ぇは気兼ねなく商売をしてくんな」

「分かりやした。若旦那をよろしくお願いいたしやす」

「近くにいねぇ時にも精って呼ばなきゃ、慣れねぇぜ」

「ああ、左様でござんすね」

勝之介は頭を掻いて天秤棒を持って外に出た。

庸は勝之介が木戸を出て行くのを見送ってから、精一郎の腰高障子を開けた。

「起きろ、精一郎」

暗がりの中に庸は声をかけた。男臭い空気が籠もっていて、庸は思わず顔をしかめた。

「師匠に今日は動けないって言った」

くぐもった声が返る。

「町中を走り回るのは無理でも、ノロノロ歩くことは出来るだろ」

「何をさせる気だ？」

精一郎が起き上がる音がした。

「釣りだよ」

「釣りって……。遊びの釣りは何年か前に御法度《ごはっと》になっているだろうが」

生類憐《しょうるい》みの令によって遊びの釣りが禁じられたのは元禄六年である。生業《なりわい》としての漁業は禁じられていなかった。

「修業のために釣るんだから、こいつは生業だ」

「修業のための釣り？　わたしは漁師になるつもりはないよ」

「馬鹿。魚屋の修業だ。魚を捌くことも習わなきゃならねぇだろ。魚河岸から買って来た魚を使うのは勿体《もったい》ねぇ。鯉《こい》や鮒《ふな》を釣って来て、勝之介が帰《け》ぇって来たら教わるんだよ」

「なるほど」

精一郎は「いてててて っ」と言いながら立ち上がり、ギクシャクとした動きで着替えをした。

「役人に遊びで釣ってるって思われると面倒だから、人目につかない穴場の池を教えてもらって来た」

❖

浅草寺の北西、下谷通新町の裏手に田に水を引くためのけっこう大きな溜池があっいた。周囲を雑木林に囲まれているので、人目につかず、知る人ぞ知る釣り場となっていた。万が一誰かに見咎《みとが》められれば「料理屋の小者でございます。今夜の料理に出す鯉を釣っております」と言って誤魔化すのが常となっている。

庸は大丈夫であったが、精一郎は腿も脹ら脛も痛むらしく、ノロノロとしか歩けなかったので、池に着いた時は日が高く昇っていた。

その日、釣り人の姿はなかった。庸と精一郎は、池の畔《ほとり》に、よく釣り座となっているらしい、踏み固められた場所を見つけ、釣り人が置きっぱなしにしている筵《むしろ》を尻の下に敷いて並んで座った。

「お前ぇ、釣りはするのか？」

庸は訊いた。

「友達に誘われて、一、二度やったきりだ」

「なら、おいらのほうが上手《うめ》ぇかもしれねぇな。子供の頃、近所の名人に教わった」

「今でも子供じゃないか」

言いながら、精一郎は開いた風呂敷の中の道具や、縁の欠けた椀二つ、丼一杯の饂飩の切れ端などを見て途方に暮れた顔をした。

庸は饂飩の切れ端を二つの椀に分けて一つを精一郎に渡した。

「朝飯か？」

精一郎は眉をひそめる。

「馬鹿。餌だよ」

「餌は蚯蚓《みみず》じゃないのか？」

「鯉や鮒は饂飩も食うんだよ。お前ぇは甘やかされて育ったから、蚯蚓なんか触れねぇと思ってよ」

「ふざけるなよ。蚯蚓なんかなんともない。本当はお前が触れないんだろ」

「へへっ。触れねぇことはねぇが、出来れば御免こうむりてぇ」

庸は竹竿を繋ぎ、作ってあった仕掛けを結んで、饂飩を千切って丸め、それを鉤《はり》につけて、池の中に振り込む。

餌が水に落ち、浮子《うき》が横倒しになったまましばらく経っても起き上がらない。

庸は竿を上げて仕掛けを引き寄せると、錘《おもり》の位置を調節した。

二度目の振り込み。

今度は横倒しになっていた浮子がピョコンと立つ。それが餌が狙った水深に到達した合図であった。

精一郎はそれを横目で見ながら真似をして餌を池に放った。

「昨日はどうだった？」

庸は浮子を見つめながら訊く。

「訊かなくても分かるだろ。疲労困憊だったよ」

「まだ修業を続けるかい？」

「当たり前だ。始めたばっかりじゃないか」

「魚屋になれば、本当にかつが嫁になってくれると思っているのか？」

精一郎の答えには間があった。

「もちろんだ」

「嘘だね」

言った瞬間、庸の浮子がフッと沈み、波紋が広がる。

「おっと――」

庸は竿を跳ね上げる。竿は大きく弧を描き、真っ直ぐ延びた糸の周囲の水面が激しく波立つ。

柄に魚の躍動を感じながら、庸は高く竿を上げて魚を引き寄せた。

六寸（約一八センチ）ほどの鮒であった。

「小鯵《こあじ》を捌く練習にはなるな」

庸は暴れる鮒の口から鉤を外し、魚籠《びく》の中に入れた。

「何が嘘だって言うんだ」

精一郎は乱暴に竿を上げ、餌を食われてしまった鉤に饂飩の練り餌をつけた。

「お前ぇ自身が嘘だって知ってるから、答えが遅くなったんだろ。嘘をつく奴は、答えが遅くなったり早すぎたりするんだ」

「嘘なんか言ってねぇよ」

語気が弱くなった。

「魚屋になったって、かつは自分の嫁になんかなるつもりはねぇって気づいてるんだろ？」

庸の問いに精一郎は自分の浮子を睨《にら》んだ。

「さしずめ、意地でも魚屋になって、否とは言えない状況に追い込むつもりだったんじゃねぇのかい？　だから、昨日は今まで生きてきた中で、一番頑張った。違うかい？」

精一郎はまだ黙って浮子を睨みつけている。

「今思っていることを言ってみな」

庸は優しく言った。

「お前ぇなんかにゃあ言わねぇよ」

精一郎は突《つ》っ慳貪《けんどん》に答えた。

「じゃあ、誰に言う？」

「迷惑かけた勝之介」

精一郎は怒ったように立ち上がり、竿をその場に置いて歩き出した。

その途端、精一郎の浮子がピョコンと動いた。

「あっ」

庸は自分の竿を置き、精一郎の竿をあおって、合わせをくれる。竿が絞り込まれて、さっき庸が釣ったほどの鮒が釣れてきた。

それを取り込んでいるうちに、庸の浮子も沈み込む。

「こんな時に次々と」

庸は苦笑して、もう一匹の鮒も釣り上げた。

竿を仕舞い、使わせてもらった筵を元の場所に戻すと、

「足を引きずる奴に追いつくのは造作もねぇか」

と呟き、庸は精一郎を追った。

❖

庸は精一郎に声をかけず、少し間を空けて後を追った。途中、走って両国出店に戻り、釣った鮒と釣り道具を松之助に預け、さくら長屋に先回りして、物陰に潜んだ。

精一郎はトボトボと来た道を戻り、昼近くにさくら長屋に着いた。

精一郎は自分の部屋に戻らずにそのまま勝之介の部屋の戸口に立った。勝之介はまだ帰っていない様子であった。

庸はしばらく木戸の側で精一郎の様子を見守っていたが、勝之介が戻って来たのが遠くに見えたので、また物陰に戻った。

勝之介は木戸を入ると、自分の部屋の前に精一郎が立ち尽くしているのを見て驚いた。

「どうしたんでぇ、精」

と精一郎に駆け寄る。

「お前さんに謝りたくてさ」

精一郎は戸口の地面を見つめながら言う。

「謝るって何を？　一緒に仕事に来られなかったことなら、気にしなくていいんだぜ。誰でも初めてあのくらい歩きゃあ脚も痛くなるさ」

「違うんだ。無理やりお前さんの弟子にさせてもらったことさ」

「えっ……、だって、魚屋になるって……」

「女の気を引きたい一心でな。心から魚屋になりたいって思ったわけじゃない」

「……」

勝之介は強張った顔で精一郎を見つめる。

「それで、昨日の昼までで、こいつはわたしには無理な商売だと思った。だけど降参するのは癪《しゃく》だったから、ついて歩いた。そのうちにヘトヘトに疲れて頭がぼうっとしてきた。誰に降参するのが癪なんだっていう問いが頭の中をグルグル回ってた。お前さんにか？　おかつにか？　自分が根性無しだってことを認めてしまうことになるからか？」

「なにが癪だったんでござんす？」

勝之介は恐る恐る訊いた。自分が無理をさせたことに対して降参するのは癪だと思われたとしたら――。それが怖かった。

「結局、分からなかったよ――」精一郎は苦笑する。

「だけど、お前さんが癪にさわったわけじゃないからね。お前さんはいつも通りの仕事をしてただけなんだから。分からなかったのは、別の考えが浮かんできたからだ。ほら、頭が働かない時にものを考えると、いつの間にか別のことを考えてるだろ」

「なにを考え始めたんで？」

「色々さ。でも一番考えてたのは、自分は魚屋になれるかってことだ」

「慣れでござんすよ。あっしだって初めの三月《みつき》はヘトヘトでござんした」

「いや。心構えが違うよ。お前はなんで魚屋になった？」

「家が貧しゅうござんして。あっしが働かなきゃ、食っていけやせんでした」

「それだよ。女に気に入られたいっていうわたしの動機とは覚悟が違う。それで生まれ育ちっていうのはどうしようもないことだって気がついた。ああ、気を悪くしないでおくれよ――。そこから〝どうしようもないこと〟ってのを考えた。誰にでもどうしようもないことってのはある」

その言葉を聞いて、勝之介はドキリとした。

そのどうしようもねぇことを自分も抱えている――。

「分かりやす」

と思わず勝之介は言っていた。

「どうしようもないことってのは、どうしたらいいだろうと考えた」言いながら精一郎は唇を歪《ゆが》めるようにして笑う。

「どうしたらいいと思う?」

「さぁ……」

「どうも出来ないから、どうしようもないって言うんだって分かった。当たり前のことに、やっと気づいた。おかつはわたしをどうとも思っていない。出合茶屋へ行ったっていうのは嘘さ。見栄を張った。料理屋で二度ばかり酒を飲んだが、それだけさ。それとなく誘ったら、魚屋が好きだと言われた。遠回しに断られたと分かっていたがムキになった——。どうしようもないことへの対処が間違っていたんだよ」

「どう間違っていたんで?」

勝之介は前のめりになって訊いた。そこに自分の〝どうしようもないこと〟への答えがあるような気がした。

「どうしようもないことは、認めてしまわなきゃならなかったんだよ。わたしは魚屋にはなれない。おかつはわたしに気がない。それを認めてしまわないと、次の一歩を踏み出せない」

「次の一歩でございますか……」

自分にとっての次の一歩は何だろうと勝之介は思ったから、

「精——、精一郎さんの次の一歩は何でございます?」

と訊いた。

「そうさなぁ――。真面目に商売を学ぶことかな。江戸にいちゃあ、お父っつぁんに甘えるばっかりだろうから、上方にでも修業に出させてもらおうか」

そう答えて、精一郎は思いついたように勝之介に訊いた。

「お前さんの、どうしようもないことは何だい？」

勝之介はドキリとして口ごもる。

「あっしは……」

一瞬、思いをぶつけてしまおうかと考えて、勝之介は精一郎の顔を見つめた。心の臓が胸を突き破りそうに高鳴った。

そして――。

「棒手振《ぼてふり》から抜け出せねぇことですかね」

と答えた。

「そりゃあ、お前さんならどうにか出来ることだろう」

精一郎は笑う。

「そうでござんすかね……」

勝之介は頭を掻く。

「出来るさ。酒も、煙草も、女遊びもやらねぇんだ。金はじきに店を持てるくらい貯まるよ」

精一郎は大きく息を吐いて肯き、「魚屋の道具を返して来るよ」と、自分の部屋に入った。

勝之介は天秤を担いで井戸端へ向かう。

桶を洗いながら、なんだか体が軽くなったような気がした。

気が楽になったというのではない。体の中から何か大きなものが抜け出してしまい、虚ろなそこに冷たい風が吹いているような、そんな感覚だった。

「どうしようもねぇことを、認めちまったのかなぁ……」

勝之介は溜息をつく。

腰高障子が開く音がしたのでそちらを見ると、精一郎が借りた天秤棒を担いで出て来た。

精一郎は勝之介の顔を見るなり、

「深刻に考えるんじゃないよ。どうしようもないことを認めるっていうのは、諦めるってことさ」

「ああ……。左様でござんすね」

勝之介は腑に落ちた。この心の空虚なところには、さっきまで精一郎への思いがあったのだ。

「左様でござんす。諦めが肝心ってことでござんすね」

「そうさ。簡単なことに、ずいぶん遠回りして気がついた。いい大人が情けねぇ話さ」

「気づきに早い遅いはありやせんよ。自分で気づくことが大切だと思いやす」

「違いねぇ――。これを返したら、引っ越すよ。大した荷物もないから、手伝わなくてもいいよ」

「お気遣い、ありがとうござんす。少し休んだらまた商売に出やすんで、失礼しやす」

「それじゃあ、また」

精一郎は言って木戸へ向かった。

❖

庸は急いで木戸を離れて、路地に身を隠した。

精一郎は両国出店への道をノロノロと歩く。

先回りをして、店で精一郎を迎えようと駆け出した庸の後ろから声がかかった。

「どうやらみんな丸く収まって落着のようだな」

振り向くと綾太郎であった。

「勝之介も納得したのかなぁ」

「あの顔を見りゃあ分かるさ。勝之介は精一郎をすっぱりと諦めた」

女が好きな男と、男が好きな男。結局はそれしか道はなかったろう――。

庸は溜息交じりに言った。

「仕方がねぇさ。勝之介が菊華だからって、何か特別なことみてぇに言ってくれるなよ。振ったり振られたりは、男と女の間だってごまんとあることだろうよ。そういうのと一緒に考えてくれ」

「そんなこたぁ分かってるよ。誰であっても、恋しい人に振られりゃあ切ねぇじゃねぇか」

並んで走る綾太郎に庸は口を尖らせる。

「おれなんか恋多き男だから、どうしようもねぇことはどうしようもねぇって諦めることなんかしょっちゅうさ」

「ずいぶん前から達観してるってことかい」

「ああ。ガキの頃からな。男が好きだって気がついた時よ。そういう自分を認めて、一歩踏み出すために必要だった」

「そうかい……」

何と言葉を返していいか分からない庸の胸に、自責の念が浮かんだ。

「おいら、今回はあんまり役に立てなかった」

気落ちしたように庸は言った。

「そんなことはないぜ。端《はた》から見てりゃあ、お庸ちゃんは、相手を負けさせねぇ将棋
「切ないな」

の駒のようなもんさ」

「なんだ、そりゃあ？」

「こっちを封じられるからあっちの道を選ぶ。あっちを塞がれたらそっちを選ぶ。そうやって、自分で道を見つけながら勝てるよう、負けねぇよう先へ進む。お庸ちゃんは相手を勝たせるよう、負けさせねぇような道を探しながら、負けるほうの道の前に立って通せんぼする。負けそうな奴は仕方なく別の道を探す。そうやって導いているんだ。そして、時に知らんぷりをする――。強引に引っ張っていくよりもずっといい方法だと思うぜ」

自分がぼんやりと感じていたことを言い当てられ、庸は照れくさかった。

「そんないいもんじゃねぇよ。後手後手に回って、あたふたしている」

「あたふたしながらもちゃんといいところへ駒を置くじゃねぇか」

「まぐれだよ」

「褒められたら素直に喜ぶもんだぜ」

庸と綾太郎は路地から路地を走り抜け、両国出店の前に出た。

精一郎はまだ着いていない。

「あっ、お帰りなさい」

松之助が帳場を立った。

手伝っていた蔭間が「それじゃあ、わたしはこれで」と言って店を出て行く。

庸は帳場に入り、綾太郎は帳場裏に入った。

「落着ですか？」

松之助は板敷に座りながら言った。

「精一郎が魚屋の道具を返しに来たらな」

「魚屋は諦めたんですね」

「丸屋のおかつもな。勝之介は精一郎を諦めた」

「みんな諦めて落着ってのもなんだか悲しいですね」

「仕方がねぇさ」帳場の裏から綾太郎の声が言う。

「どうしようもねぇことだって認めなきゃ、次の一歩を踏み出せねぇからな」

「精一郎の言葉を盗むんじゃねぇよ」

お庸は笑う。

「へぇ。親の臑齧《すねかじ》りの若旦那、なかなかいいこと言うじゃないですか」

松之助は感心したように言った。

「勝之介に一日ついて歩いて悟ったんだとよ――。これは盗み聞きしたことだから、精一郎が来ても言うんじゃないぜ」

「はい。分かりました」

と松之助は強く口を結ぶ。

「あっ、来たぜ。そんな口をしてりゃあ怪しまれる。普通にしてろ」

庸は舌打ちした。

矢ノ蔵の前を天秤棒を担いだ精一郎が歩いて来る。

精一郎は晴れ晴れとした顔であったが、勝之介のことを考えると、複雑な思いの庸であった。

五本の蛇目《じゃのめ》

一

梅雨《つゆ》に入り、曇りや小雨の日が数日続いていた。

その日も朝から濃い灰色の雲が低く垂れ込めていて、湊屋《みなとや》両国出店《でだな》の店の中はまるで薄暮時のように暗かった。蒸し暑い空気が、並べた道具類から古びた臭いを漂わせている。

「なんだか陰気くさいですから、明かりを灯しましょうかね」

松之助《まつのすけ》は言って、燭台《しょくだい》の蠟燭《ろうそく》に火を点《つ》けた。

蠟燭は新品ではない。流れ買いが集めた蠟を再生した安価な蠟燭である。

帳場脇の暖簾をたくし上げて、綾太郎《あやたろう》が這い出して来た。

「裏は風が通らなくていけねぇ」綾太郎は帳場の壺から団扇《うちわ》を取って扇ぐ。

「今年の梅雨は蒸すねぇ」

「寒い梅雨のほうが体に堪《こた》えるぜ」

庸《よう》はしかめっ面をして帳場机から腕を上げる。机の天板も湿り気を帯びて、肌に不快であったから、庸は手拭いを敷いて腕を置き、帳簿に筆を走らせる。

「ごめんよ」

と言って、慌ただしく若い男が土間に入って来た。仕立てのいい着物を着て、月代《さかやき》も綺麗に剃っている。裕福な家の者だと分かった。

男は庸の横で団扇を使う綾太郎に目を留めた。

「すいぶんいい男を雇ってるんだな」

綾太郎の美貌に驚いたようで、男は思わず言って目をパチクリさせた。

「ご贔屓《ひいき》に」

綾太郎は愛想笑いを浮かべて頭を下げる。

「ああ……、そんなこと言ってる暇はない。すまないが蛇目《じゃのめ》を五本、貸しておくれでないか」

その口調から、この男はどこかのお店《たな》の若旦那だなと、庸は思った。

「蛇目傘でございますね」松之助が肯く。

「お色は？　黒蛇目とか渋蛇目とかございますが」

「色は何でもいい」

「客が来るのかい？」庸が訊く。

「番傘のほうが安いぜ」

番傘とは、竹の骨に紙を貼り、油を引いただけの粗末な傘のことである。

一方、蛇目傘は真ん中と周りの色を塗り分け、蛇《へび》の目を模した柄の傘である。

「本家筋の連中が来るんだよ。番傘なんか出したら叱られちまう」

男は顔をしかめて手を振った。

「かしこまりました。それでは奥から持って参ります」

松之助は言って綾太郎の横を抜けて奥の納戸へ向かう。

「親戚の集まりでもあるのかい？」

庸は訊いた。

「相談事でな。それ以上訊くんじゃないよ。身内のゴタゴタを他人《ひと》さまに話すわけにゃあいかないからね」

「そいつは、もっともだ。だけど、なんでウチに来たのかは教えてもらいてぇな。あんたは初めての客。あんたにも行きつけの貸し物屋はあるだろう？」

「本家から家《うち》までの通り道なんだよ――。こんなに根掘り葉掘り聞かれるとは思わなかったよ」

男は舌打ちせんばかりに答える。

「ほぉ。帰り道に借りるってことは、客はすぐに来るのかい？」

「そうだよ」

男は苛々《いらいら》と答える。

その時、松之助が蛇目傘を五本持って現れた。

「幾らだい？」

男は懐から財布を出して訊く。

「柄を確かめなくてもよろしいので？」

松之助が言う。

「いいんだよ、蛇目なら。で、幾らだい？」

「いつまで借りてぇ？」

庸が訊く。

「明日には返しに来れると思うが、三日みておくれ。雨が降って客が傘を使ったら、家まで取りに行かなきゃならないから」

「もっともだ」

庸は三日分の料金を告げると、男は財布から銭を掴み出して松之助に渡す。

「それじゃあ、在所と名前を書いてくんな」

庸は帳場から帳簿を差し出す。

男は松之助が手渡してくれた筆を受け取ると、

日本橋通南一丁目　呉服屋　島野屋《しまのや》　新之介《しんのすけ》

と書いた。淀みなく筆を走らせたので嘘ではなさそうだった。

「早けりゃ明日帰《けえ》しに来る。そうしたら――」

「二日分の銭は返すよ」

「そうかい。それなら安心だ。じゃ、借りて行くぜ」

新之介は五本の蛇目を抱えて土間を出ようとした。

「紐で結わえたほうが抱えやすうございますよ」

「暇がねぇんだよ」

「すぐでございますから」

松之助はニッコリと笑って、傘の握りと中程を器用に紐で結ぶと、その二つを繋ぐ持ち手の紐を渡した。

新之介は苛々と紐を結び終えるのを待ち、受け取ると店を駆け出した。

「何か臭うな。ちょっくら追ってみるよ」

綾太郎は板敷を降りて草履を引っかける。

蔭間たちが追いかけ屋をするようになって、一日に一、二度、怪しい客を追いかけることがあったが、大抵は勘違いですごすごと戻って来ることが多い。だが、時々、大当たりもあった。

「さて、今日は当たるかな」

綾太郎は言って新之介を追った。

❖

新之介は馬喰町四丁目の道を、三丁目に向かって走る。一丁目まで駆けて、浜町堀にぶつかると左に曲がり、堀沿いの道を緑橋のほうへ進む。

大きな蔵が並ぶ通りに、ぽっかりと小さな空き地があった。近くの浜町河岸で荷運びを営む商人の土地であろうか、何台かの荷車が並び、掘っ建て小屋が三つほど建っている。

小屋の一つの前に、一人の男が立っていた。新之介同様、小綺麗な格好をしている。綾太郎は身を低くして荷車の列に隠れ、小屋と男がよく見える位置にしゃがみ込んだ。

「長一《ちょういち》、待たせたな。善太郎《ぜんたろう》の様子はどうだい？」

新之介は空き地に駆け込むと乱れた息を整えた。

「鼾《いびき》が聞こえてる。起こすかい？」

長一と呼ばれた男は応えた。

「早いとこ蛇目を渡しておこう」

新之介は小屋の腰高障子の前に立ち、束ねた蛇目傘の紐を解く。

「善太郎。寝てるところすまないが、起きてくれ。蛇目を持って来たぞ」

言うと、新之介は障子を開けずに蛇目を小屋の中に差し入れる。障子の隅の、格子の一箇所が破られているのだった。紙のない四角の穴に突っ込んだ蛇目を上下に振る。

すると、蛇目はするりと小屋の中に引っ張り込まれた。

新之介は二本目、三本目と蛇目を小屋の中に入れる。五本目を入れ終えると、

「今のうちに蛇目の数がそれで充分か確かめてくれ。少なければもっと借りてくる。

蛇目の具合がよければ次は昼飯を運んで来てやるよ」

と中に声をかけた。

『すまないな……。夜は寝られないんだよ』

「分かってるよ。今夜だけの辛抱だ。昼飯を食い終わったら暗くなるまで寝ればいい」

『ほんとにすまない……』

声と共に傘を開く音がする。

『おい』慌てた善太郎の声が聞こえた。

『湊屋の両国出店から借りて来たのかい』

「そうだが、なんで分かった？」

『傘の裏っ側《かわ》に店の名前が書いてある』

「それがどうかしたか？」

『あそこの娘店主はお節介焼きで、何にでも首を突っ込むって噂だ』

「そうなのか……。歩いている奴に貸し物屋はないかって訊いたら教えてくれたもんだから……」

「借りて来たもんは仕方がないだろう」

長一が言った。

「客が来るんでって借りて来た。梅雨時だから怪しまれはしないよ」

『そうか……』

「それより、蛇目の具合はどうだ？」

長一が訊く。

『縮こまっていれば大丈夫だと思う』

善太郎の声が応える。

「そうか。それじゃあ、昼飯を持って来る」

長一が走り出した。

新之介は小屋の壁に背をもたせかけて座る。

「飯が届くまで、少しうつらうつらするかい？」

『うん。そうする』

「分かった。それじゃあ、飯が来たら起こすから」

新之介は言った。

荷車の陰に隠れていた綾太郎はそっとその場を離れた。

二

綾太郎は両国出店に戻ると、今見聞きしてきたことを庸と松之助に伝えた。

庸は帳場の中で腕組みをし、眉根を寄せた。

「こいつは、ちょっと厄介なことになっているかもしれねぇな」

「厄介なことって何だい？」

綾太郎は帳場机を挟んで庸に顔を近づける。

「近すぎるよ」

庸は綾太郎の額を人差し指で押した。

綾太郎は渋々後ろに下がる。

「蛇目五本をどう使ったかを考えてみなよ」

「さて、どう使ったんだろうね……」

綾太郎は首を傾げた。

「善太郎って奴は、縮こまっていれば大丈夫って言ったんだろ？」

「ああ」松之助が肯いた。

「開いた傘を四方に置き、残り一本を上から置くんじゃないですか？　縮こまって横になった体を五つの方向から囲む」

「ああ、なんかガキの頃に誰かやってた気がする」綾太郎はポンと手を打つ。

「男の子ってのは狭いところに閉じ籠もるのが好きだから。押入の中に潜り込むのが好きな奴もいた。一緒に潜り込んでドキドキしたりしてさ」

「でも、なんでそんな子供じみたことを？　綾太郎さんがお話しになった様子からすると、遊んでいたんじゃあなかったようですし」

松之助は首を傾げる。

「それを景迹《きょうじゃく》するにゃあ、なぜ障子が破れたところから蛇目を差し入れたかを考えなきゃならねぇ」

庸は面白そうに綾太郎と松之助を見る。

「戸が開かなかったのか」

と松之助。

「あるいは戸を開けられなかったのか――」

綾太郎が顎を撫でる。

「なぜ開けられなかったと思う？」

「建て付けが悪くて、戸の開け閉めが渋くなってたとか」

松之助が言う。

「だったら、蹴り開けるとか、誰か助けを呼ぶとかするだろう」

綾太郎が首を振る。

「なぜ助けを呼べなかったのか」

「悪いことでもしてたんですかね」

と松之助。

「悪いことはしたかもしれねぇな」

庸はニヤリと笑う。

「うーん」

と、綾太郎と松之助が唸る。

「蛇目が助《す》けだったんだよ」

庸は言って帳場を立つ。

「蛇目が助け？」

と訊いた松之助の肩を、通り過ぎざまに叩き、庸は土間に降りた。

「帳場を頼むぜ。瑞雲《ずいうん》に会って来らぁ」

瑞雲は、浅草藪之内《やぶのうち》の東方寺《とうほうじ》住職である。

「瑞雲さんに？　物の怪が関わっているんですか？」

松之助は帳場につきながら訊く。

「物の怪か、亡魂かは分からねぇけど、そういうモノだろうな――。その後で、新之介たちをとっちめなきゃならねぇ。帰りが遅くなったら店を閉めて本店《ほんだな》へ戻っていいぜ」

庸は店を出た。

「それじゃあ、お供を」

と、綾太郎も土間に降りる。

「あっ、追いかけ屋がいなくなっちゃ困りますよ！」

松之助は腰を浮かせて綾太郎を止めようとした。

「どうせあんたは、怪しいと思った奴は追い返す。追いかけ屋は必要ねぇだろ」

綾太郎は草履を突っかけて、庸を追った。

❖

藪之内まで走った庸だったが、東方寺を訪ねてみると、小坊主が気の毒そうな顔をして、

「瑞雲さまは出羽国《でわのくに》の羽黒《はぐろ》山へお出かけでございます」

と言った。

「困ったな……。誰か、調伏《ちょうぶく》が得意な坊主を知らねぇか?」

「どなたかを紹介すれば、瑞雲さまに叱られます」小坊主は怯《おび》えた顔をする。

「いいい、おりょうさんに訊いたらいかがです?」

りょうは、庸の姉である。生まれることなく死んだのだが、その魂魄《こんぱく》は家に留まり、目下、家神《イエガミ》になるための修行中であった。庸とは、瑞雲から授けられたお守りを通して交信出来たが、隠世《かくりょ》の理《ことわり》に縛られているために、いつでも話が出来るわけではなかった。

庸は首から提げて懐にしまった守り袋を引き出し、りょうに話しかけてみたが、応えはなかった。

「仕方がねぇ。新之介にお灸《きゅう》を据えるほうを先にするか。小屋に案内してくんな」

庸は綾太郎を振り返って言った。

「ああ。そうしよう」

綾太郎は駆け出した。

❖

庸と綾太郎が浜町堀沿いの空き地に着いたのは昼過ぎであった。

小屋の前に荷車を何台か寄せて目隠しにし、筵《むしろ》を敷いて、新之介と長一が座り込んでいる。

「おい！　新之介！　お前《め》ぇ、蛇目を借りる理由を偽りやがったな！」

庸は怒鳴りながら、二人に歩み寄る。

新之介と長一は驚いて腰を浮かせる。

「な、なんだ！　その言葉遣いは！　こっちは客だぞ！」

「ふざけるねぇ！　嘘をついて物を借りる奴ぁ、客じゃあねぇぜ！　さぁ、蛇目五本、返《け》ぇしてもらおうか！」

「そ、それは……、今夜一晩、待ってくれ」

新之介は急に弱気になって言った。

「待てねぇな！　どうせ蛇目を魔除けに使おうって魂胆だろう。今夜一晩なんとか持ちこたえれば、小屋の中の善太郎はなんかの祟《たた》りから解き放たれるってことだろうが、そんなこたぁ、こっちの知ったこっちゃねぇ！」

「なぜ、それを？」

と言った新之介の言葉と、

「ああ、そうか！」

と言う綾太郎の声が重なった。

「蛇目模様は魔除けだったんだ。確か、直違紋《すじかい》、十字紋、蛇目紋ってのが強い呪符《じゅふ》だって訊いたことがあるぜ」

「それに、傘ってのは唐《から》の国で魔除けのために頭の上を覆う物として作られたって話だ。それで、蛇目傘を使って魔除けの結界を作ろうとしたんだろう。どうでぇ、間違いはあるかい！」

庸は勝ち誇ったように言う。

『恐れ入りました……』

小屋の中から善太郎の声が応えた。

新之介と長一は肩を落とす。

「なかなか面白ぇことを考えやがったもんだと感心はするが、最初《はな》っから素直に、本当のことを言やぁよかったんだ」庸は語調を和らげる。

「何があったのか言ってみな。話によっちゃあ、蛇目を取り上げるのを一晩待ってやってもいいぜ」

『わかりました……。三日前の夜のことでございます』

と善太郎は語り始めた。

三

善太郎は深川のさる旗本屋敷に化粧品を納めに出かけた。商売は昼過ぎには終わり、せっかく深川まで来たんだから美味いものでも食って帰ろうと、供の手代と一緒に富岡八幡宮の方向へ歩いた。

八幡宮前の永代寺門前仲町はかつての大火以降、町屋を建てるのを禁じられていたが、近頃、許されて町の姿が戻り始めていた。

料理屋に入り、調子に乗って杯を重ねるうちに、空に夕方の光が差し始めた。手代に促されて腰を上げ、町をフラフラ歩いていると、一人の女が目に留まった。

空は茜に燃えていたが、女が立つ路地は闇夜のように暗く見えた。女のまとう着物が黒味を帯びていたので、首から下が闇に溶け込み、まるで生首が浮いているようで、善太郎は一瞬ゾッとした。

二十歳《はたち》そこそこであろうか。どこかのお店の御新造《ごしんぞう》(若妻)といった出で立ちの女であった。

奥の蛤町へ続く路地に佇むその女と目が合った瞬間、善太郎は急に鼓動が高まるのを感じた。

女は紅を引いた唇に艶っぽい笑みを浮かべ、善太郎に会釈をした。

どこかで会った女であったろうか。もしかすると、家のお得意筋の女であったかもしれないから、素通りすると失礼に当たる――。

顔を忘れているくらいだから、しばらく会っていないはずだ――。

善太郎は女に歩み寄った。

「ご無沙汰をしております。諏訪屋《すわや》の善太郎でございます」

「あら、今日初めてお目にかかりました」

女がコロコロと笑うものだから、善太郎は恥ずかしくて真っ赤になった。

「これは、失礼いたしました。てっきりお得意さまであると思い違いをいたしました」

「袖振り合うも他生《たしょう》の縁。ここでお互い、目を合わせたのでございますから、いかがです、どこかで一献《いっこん》」

女は杯を上げる仕草をした。

「それはようございますね」

これは、酒だけを誘っているんじゃないね――。

善太郎はこの先の展開を想像してゾクゾクした。

女は蛤町のほうへ歩き出す。

善太郎は、手代が一緒であったことも忘れて、女の後について行った。

手代は、善太郎が誰もいない路地に向かってブツブツと何か話しかけていて薄気味悪く思った。

❖

しかし善太郎は手代を無視して、路地の暗がりに歩み込んだ。

手代は善太郎に歩み寄る。

「若旦那。善太郎さん」

手代は路地に飛び込む。

「善太郎さん！」

途端に、全身に悪寒が走った。

慌てて後ずさる。

路地の奥に善太郎の姿はなく、蛤町の家並みが夕焼けに染まっていた。

手代は路地を駆け抜けて蛤町へ出た。

善太郎は見当たらない。

掘割まで走ったがやはり善太郎はいなかった。

どうしよう――。

どこかの料理屋か女郎屋にでも潜り込んでいるに違いないが、自分一人で帰れば、なぜちゃんと見張っていなかったと、旦那さまに叱られる――。

しかし、帰らないわけにはいかない。

どういう言い訳をするかを考えながら、手代はトボトボと家路に就いた。

❖

掘割沿いの道を歩き、木置場の脇を通った気がする。大名屋敷の白壁の前を通り、葦《あし》の中に潜り込んだ。

「どこまで行くんです？」

と善太郎は訊いた。

波の音が近くに聞こえる。葦の間から濃い紫の海が見えた。後年、埋め立てられて〝十万坪〟と呼ばれるが、今は一面の湿地である。

空は東から濃藍色に暮れ、鋭い光を放つ星が二つ三つ。

女の後ろ姿を追いながら、葦を掻き分けると、突然、前方に建物が現れた。

大きな二階屋で、すべての障子が明かりを透かしている。一階には大籬《おおまがき》――、朱塗りの格子が見える。その奥には幾本もの燭台が明かりを放っている。

どうやら女郎屋のようであったが――、人の姿はない。

女は暖簾をくぐって吸い込まれるように建物の中に入って行った。

善太郎も後に続く。

雪洞《ぼんぼり》の灯る広い廊下を進み、女は奥まった部屋の襖《ふすま》を開ける。広い座敷にたっぷりと綿を詰めた布団が敷かれていた。四方に雪洞が灯っている。

女は布団の横に立ち、着物を脱ぎ始める。

善太郎は気持ちが高ぶり、慌ただしく着物を脱ぎ捨てた。

❖

『その後は、もう極楽で……』

小屋の中から善太郎の恥ずかしそうな声が聞こえた。

庸は、女との行為も事細かに話されるのではないかと冷や冷やしていたが、端折《はしょ》ってくれたのでホッとした。

ちらりと綾太郎を見ると、

「その極楽ってのが山場だろうが。端折るんじゃねぇよ」

と舌打ちをした。

『いや、思い出すと震えが来るんで……』

「そんなによかったのかい」

綾太郎が羨ましそうに言う。

『よかったっていうか……、その夜はそう思ってたんでございますが、次の朝、肝を冷やしました』

「ぼったくられたかい」

綾太郎は笑う。

「そんなんじゃないよ。話を聞けよ」

庸が綾太郎を叱る。

綾太郎は首を竦めた。

『次の日の朝、やけに寒いなと思って目が覚めました――』

◆

冷たい空気の中に海の臭いがした。

そうか、海に近い女郎屋だったか――。

そう思いながら、善太郎は目を開けた。

隙間の空いた壁板が見えた。戸口があり、壊れた戸が斜めになっている。外には葦が風に揺れていた。

雨が細い糸のように降っている。

「えっ……」

善太郎は視線を彷徨《さまよ》わせる。

顔のすぐ下には擦れてささくれた筵があった。

善太郎は飛び起きた。

朽ちかけた小屋の中であった。壁に、壊れた櫂《かい》が立てかけられ、隅に小山のようになった漁網が埃を被っている。

所々に穴のあいた板敷の上に敷かれた筵に、善太郎は立っていた。

そしてその横には、赤黒い着物を着た女が横たわっていた――。

女と分かったのは、乱れてはいたが島田に結った髪があったからで、着物から出ている首、顔、手足は褐色に乾涸《ひか》らびていた。

女の着物が赤黒く見えたのは、体から染み出した体液のせいであるようで、袖や裾の一部には白地に青い縞の、もとの生地の柄が残っていた。さっきまで善太郎が寝ていた筵にも、赤黒い染みが広がっていた。

善太郎は震え上がった。

昨夜の女はどこへ行った――？

しかし、すぐに善太郎は昨夜の女が〝これ〟なのだと理解した。

わたしは死人《しびと》と睦み合ったのだ――。

あの極楽のような心地よさは、死人がわたしに見せた幻であったのか――。

善太郎は悲鳴を上げて小屋を飛び出した。

葦の向こう側、半丁（約五五メートル）ほど先に、家並みが見えていた。

善太郎はそちらの方向へ必死で走った。

後ろからあの女が追いかけてくるのではないかという恐怖で気が急《せ》き、足がもつれそうになったが、なんとか葦原を脱して畑地に出た。

すぐ向こうに町並みと、人通りが見え、善太郎はホッとした。恐る恐る葦原を振り返る。恐ろしいモノの姿はなかった。

善太郎は自分の身なりを確認する。羽織を脱いであの染みが移っていないかと見たが、筵の屑《くず》がついているばかりだった。

寝皺は仕方がないとして、羽織と着物の藁屑を払い、善太郎は町へ向かって歩いた。

一晩筵の上で過ごしたからか、体が重く感じられ、あちこちの筋が痛んだ。

町屋の間に小屋が建ち並び、中で舟を造っている。木槌、金槌や鋸《のこぎり》、手斧《ちょうな》を使う音が響いていた。

ああ、海辺《うみべ》大工《だいく》町《まち》か。だとすれば、富岡八幡宮はあっちの方向だ――。

善太郎は歩き出した。

木置場の横を急ぎ足で歩き、永代寺門前仲町にたどり着く。人通りの中に身を置いて、善太郎は大きく安堵の息を吐いた。

その時である。

突然後ろから肩を摑まれ、善太郎は驚いて悲鳴を上げた。

慌てて振り向くと、偉丈夫の修験者が立っていた。

「汝《いまし》、何をしてきた？」

髭面《ひげづら》の修験者は、野太い声で訊いた。

「死人《しびと》と一晩を過ごしたな？　通夜ではない。しばらく前に死んだ女と一緒であったろう」

「何をって……」

「は……、はい」

「汝、とり殺されるぞ。その女、お前の背中にしがみついておる」

「えっ……」

善太郎は青ざめる。体の重さは死霊のせいであったか――。

「た、助けてください！」

善太郎は修験者にしがみつく。

「拙者は諸国を巡って修行をしておる者。富岡八幡宮を詣で、これから武蔵国《むさしのくに》の霊場を廻ろうと思っておったところであった。汝とここで出会《でお》うたのは、神仏の御心であろう」

修験者は笈《おい》を下ろし、扉を開けて六枚の護符《ごふ》を出した。半紙に見たこともない文字や図形が細かく描かれたものである。

「部屋に籠もり、この札《ふだ》を四方の壁か障子、襖、天井、床に貼って三日間を過ごせ。一歩も外に出てはならぬぞ。昼でも夜でも外に出れば、死霊に八つ裂きにされよう。籠もっている間、般若心経《はんにゃしんぎょう》を唱えられればなおよい」

「そうすれば、助かりますか？」

「三日目の夜が過ぎれば、死霊は諦めて去る」

「ありがとうございます！」

善太郎は懐から財布を出す。

「この出会いは神仏の御心と言うたろう。浄財《じょうざい》は八幡宮か永代寺に納めよ。拙者の施す加護《かご》は、神仏のご加護だ」

修験者は笈を背負って歩き去った。

善太郎が修験者の背に合掌していると、

「善太郎！」

と、声がした。

振り向くと、新之介と長一が駆けて来るのが見えた。

「善太郎、どこにいたんだ！」新之介が言った。

「諏訪屋は昨夜《ゆんべ》から大騒ぎだ。親父さまが店の者を出して深川じゅうを捜させてる」

「そいつは大変だ……。どこかに隠れたい」

善太郎が言うと、長一が近くの料理屋を指差した。

「とりあえず、あそこへ」

三人は辺りに諏訪屋の使用人の姿がないことを確かめ、料理屋へ入った。

❖

座敷に入ると、善太郎が腹が減ったと言うので、膳を一つ頼み、新之介と長一は酒と肴《さかな》を頼んだ。

善太郎は飯を食いながら、女との出会いから、修験者に護符をもらったところまで話した。

「そこで新之介に声をかけられたんだ」

「そいつは怖い目に遭ったな……」

新之介は腕組みをして顔をしかめた。

「それじゃあすぐに帰ってお籠もりをしなきゃならないな」

と長一。

「そんなこと出来るものか」善太郎は首を振った。

「お父っつぁんは神仏のご加護なんか信じちゃいない。部屋の六方に護符を貼って籠もるなんてことを許しちゃくれない」

「それじゃあ、どうするんだ？」

新之介が訊いた。

「家じゃないところでお籠もりをしたい。心当たりはないか？」

「宿屋や誰かの家じゃあ、気味悪がって部屋を貸しちゃあくれないな」

長一が言う。

「ああ――」新之介がポンと手を打つ。

「知り合いの乾物問屋が浜町堀沿いに小屋を持ってる。周りは蔵だからあまり人通りはないよ」

「そりゃあいい。すぐに手配してくれないか」

❖

「なるほどな」綾太郎が肯いた。

「それで、この小屋に籠もったってわけだ。それで、何日過ごした？」

「二日です」新之介が応えた。

「空腹になっちゃ可哀想だと思って、出入り口の障子を一枡《ひとます》破り、そこに護符を暖簾のように貼って、握り飯を差し入れていたんでございますが——」

「今朝、朝飯を差し入れる時に護符を破ってしまったんで」

長一が言った。

「慌てました」新之介が言う。

「町を走り回って善太郎に護符を授けた修験者を捜しましたが見つかりません。仕方なく、別の修験者に相談し、破れた護符を見せましたが、眉根を寄せて首を振ります」

「なぜだい？」

綾太郎が訊いた。

「これは位の高い阿闍梨《あじゃり》が記した護符だ。自分たちのような者が真似て護符を書いても効果はなく、かえって死霊を怒らせるというのです。いくつか寺や神社を廻りましたが、何かの悪戯《いたずら》だと思われ門前払い。それで困り果て、苦肉の策で蛇目傘の結界を思いついたのでございます」

『蛇目を五本――。わたしたちの家の蛇目を集めても五本にはなりません』善太郎が言う。

『ならば、貸し物屋から借りればよいと考えました。ただ、正直に魔除けに使うと言えば、貸してはくれまいから嘘をつくようにと』

「二晩、護符のお陰で何事もなかったのかい？」

庸が訊いた。

「何事もなかったんなら」綾太郎が言う。

「護符のお陰で死霊が寄りつかなかったのか、そもそも死霊の話が修験者の嘘であったのか分からねぇぜ」

『嘘ではございません』善太郎の声が震えた。

『護符のお陰で二晩命を救われました』

❖

小屋に籠もった最初の夜。

新之介と長一は、善太郎に「夜に家を空ければ怪しまれるから帰れ」と言われて家に帰った。

善太郎は、籠もる前に長一が家の手代に持って来させた掻巻《かいまき》にくるまっていた。眠ろうにも、これから何が起きるかという不安と恐怖で目が冴えていた。

輾転反側《てんてんはんそく》、どれだけの時が経ったろうか、外で足音が聞こえた。

新之介か長一が来たのかと耳を澄ますと、どうも足音は一人。

スタスタと歩く若者のそれではなく、ズルズルと足を引きずるような音である。

来た――。

善太郎は身を縮める。

足音は小屋の周りを巡る。

時折、ドンッと、壁を叩く音が響く。

そのたびに善太郎はビクリと身を震わせた。

『入れておくんなさいまし……』

微かな声が聞こえた。

善太郎は目だけを動かし、戸口を見た。月光が照らす腰高障子に影は見えない。護符の影が微風に揺れている。

戸口から聞こえているのではない。

『入れておくんなさいまし……』

善太郎のすぐ側、床下から聞こえる。

見開いた目が何か動くものを捉えた。

すぐ目の前の床である。

腰高障子から差す月光にぼんやりと照らされた床板の隙間から、何か細いものが伸び上がっている。

幾筋かの髪の毛であった。

髪の毛は床から一尺ばかり伸びて蛇のようにうねっている。

修験者は般若心経を唱えればなおよいと言っていた。だが、善太郎は般若心経を知らない。明るいうちに新之介が用意してくれた経本があったが、この暗さでは読めない。

「南無阿弥陀仏……」

善太郎は口の中で呟いた。

途端に、髪の毛は熱い物にでも触れたかのように大きく震えると、スルスル床下に引っ込んだ。

『ここか……』

声が聞こえ、ドンッと床板が鳴った。

善太郎の背中に衝撃があった。

『ここか、ここか……』

床板が下から叩かれ続ける。

善太郎は南無阿弥陀仏を繰り返し、強く目を閉じた。

「おい。善太郎」

新之介の声が聞こえた。

善太郎はハッとして顔を上げる。

腰高障子に影が見えた。

「もう朝だ。出て来ていいぞ」

声は確かに新之介だったが、新之介は、三日経たずにここを出れば八つ裂きにされることを知っている。

死霊が新之介に化けているのか――？

「三日経たなければ出られない！」

善太郎は言った。

「なに言ってるんだ。もう三日経ったじゃないか」

そう言われればそんな気がした。

いや、そんなことはない、まだ一日目だ。騙されるな――。

「お前、死霊だろう！」

「馬鹿なこと言うな。早く出てこい」

「それじゃあ、新之介。障子を開けて入って来い」

返事はなかった。

腰高障子の外が暗くなった。

女の甲高い悲鳴が響き渡る。そしてそれはグルグルと小屋の周りを回り始めた。

❖

『その後、わたしは耳を塞いで搔巻にくるまって、念仏を唱えていました。外が明るくなると、女の悲鳴は聞こえなくなりました』

小屋の中の善太郎が震える声で言った。

「朝飯を運んで来た時に、その話を聞きまして、わたしと長一は震え上がりました。善太郎一人がそんな恐ろしい目に遭っているのは気の毒だと思いましたが、どうしようもありません」

「けれど——」長一が言う。

「どうにも気懸かりで、二晩目にこっそり見に来ました」

「死霊はいたかい？」

綾太郎が怯えた表情で訊いた。

「曇って月のない夜でございましたが、戸口に白っぽい人影が佇んでおりました。しばらくすると、小屋の周りを歩き始めました。善太郎の言った女の悲鳴は聞こえませんでした」

『二晩目は、明け方まで悲鳴が聞こえ続けていました』

「声は善太郎にしか聞こえなかったかい」

庸が言った。

「どうやらそのようで」

長一が肯く。

「お前ぇは一晩中、見張っていたのか？」

庸が訊くと、長一はすまなそうな顔をして首を振った。

「善太郎には気の毒でしたが、死霊に見つかるのが怖くて、すぐに引き揚げました」

「それで、なんで護符を破いちまったんだ？」

「今朝、朝飯を届けに来た時のことでございます」新之介が言った。

「腰高障子の、ちょうど護符を貼ったところに猫が飛びつくのを見ました。これはまずいと駆け寄って、障子の桟《さん》に爪を引っかけてぶら下がった猫を引き剝《は》がしたんでございます」

「引き剝がしたのは猫じゃなくて護符だったってわけかい」

綾太郎が言った。

「はい……。死霊の力は夜しか働かないと思っていたのですが、化かされてしまいました」

新之介は悔しそうな顔をした。

「問題は、蛇目が阿闍梨の護符ほどの力があるかどうかだな」

庸は腕組みをした。

長一と新之介は怯えた顔を見合わせる。

『あるんでしょうか……？』

善太郎が訊く。

「もし効果があるんなら、蛇目傘を置いてる家には怪異は起こらねぇはずだが――。調べたことはねぇからな」

『効かなかったら、わたしは今夜、死霊にとり殺されるのですね……』

「そうならねぇように、どうするかだ」

「蛇目以外にも手を打つってことかい？」

綾太郎が訊く。

「何か手があるので？」

新之介が身を乗り出す。

「死んでた女、何者だったんだろうな」

庸は善太郎に訊く。

『さて……。じっくりと見たわけじゃございませんから……。着物は乱れておりませんでしたし、誰かに殺されたような様子ではありませんでした。病か何かで亡くなったんでしょうが、なぜわざわざあんな場所で亡くなったのか――』

「家に居場所がなかったか、家がなかったのか」

新之介が言う。

「女郎屋の幻を見たんだろ？」綾太郎が訊く。

「元は女郎だったんじゃないのか？」

「何かやらかして、女郎屋を追い出されたか」

庸は肯いた。

「食っていけないから、夜鷹《よたか》でもやってたんじゃねぇのかな。それで体を壊して死んじまったってところかな」

綾太郎が言う。

夜鷹とは、夜、道端に立ち客を取る最下層の女郎のことである。

「死霊は何を望んでいるんだと思う？」

庸は綾太郎に訊く。

「そりゃあ、善太郎の命だろうよ」

「なぜ？」

「仲間を作りてぇんだろうな」

「そりゃあなぜだい？」

「独りぼっちで寂しいんだろうさ」

「うむ――」庸はしばらく考えて、新之介と長一に顔を向けた。

「お前ぇたち、財布にはいくら入《へ》えってる？」

「わたしは三両ほど」

新之介が応える。

江戸時代の一両は、年代によって異なるが現代の価値で七万円から十万円ほどである。

「わたしは五両」

と、長一。

「持ってやがるなぁ。親の臑《すね》齧《かじ》り」庸は鼻に皺を寄せる。

「善太郎、お前ぇは？」

『二両くらいです』

「全部で十両か――。新之介、二人から有り金集めて預かっとけ」

「何に使うんでございます？」

新之介は長一から財布を受け取りながら言う。

「善太郎を助けるのに使うんだよ。惜しくはねぇだろう？」

「はい。そりゃあもう――」

『すまねぇな、二人とも』

善太郎は障子の穴から二両を差し出す。

「すまねぇって言葉は、お庸さんとおれに言わなきゃならねぇだろうが」

綾太郎は二両を奪い取って新之介に放り投げた。

『申しわけございません……』

善太郎が言った。土下座して頭を下げたらしく、言葉の後半はくぐもった声になった。

「何か書く物はねぇか？」

庸は新之介に訊く。

「護符を真似して作り直そうと思って、紙と矢立《やたて》を持って来てました」

新之介は荷車の上の風呂敷包みを解いて紙の束と矢立を出した。

「善太郎に渡せ」

庸に言われて、新之介は障子の穴から紙と矢立を小屋の中に入れた。

『これで何をするんで？』

善太郎が訊く。

「女の遺骸がある場所までの絵図を描《か》け」

「ってことは……」綾太郎が顔を歪める。

「そこまで出かけるのか？」

「その通り。おいらとお前ぇ、新之介と長一でな。善太郎は蛇目の結界の中で辛抱してな。上手くいけば、明日の明け方を待たずに、そこから出られるぜ」

庸は「だから早く絵図を描きな」と催促した。

四

善太郎が描いた絵図を持って、庸たちは深川に走った。

葦原に着いた時には陽は西に傾いていた。

善太郎が歩いた痕《あと》は、大きく葦が折れ曲がっていたのですぐに見つかった。

綾太郎を先頭に、痕を辿って進む。

「小屋が見えたぜ！」

綾太郎が走る。

庸、新之助、長一が続く。

小屋の中は、善太郎が言った通りの様子だった。床の中央に筵が敷かれ、女の遺骸が横たわっていた。

「戸が外れてるのに、よく獣に食い荒らされなかったもんだぜ」

綾太郎は顔をしかめながら言った。

「妖気を感じて獣は近寄らなかったんだろうよ」

放置され乾涸らびた遺骸を見るのは初めてだったから、さすがに庸の顔色は悪い。

庸は戸口で合掌し、小屋の中に入った。綾太郎ら三人も同様に手を合わせた後、足を踏み入れる。四人で筵を囲み、もう一度合掌する。

「それで、どうするんだ？」

綾太郎が訊く。

「運び出して寺へ連れて行くんだよ」

「夜鷹の遺骸なんて引き受けてくれるもんか」

綾太郎は首を振った。

「地獄の沙汰も金しだいって言うだろう。そこで十両がものを言うんだよ。無縁仏の塚にでもいいから葬ってくれってさ」

「供養してもらえるんなら、善太郎の命は助けてやるって気にもなってもらえるかもしれませんね」

新之介は肯いた。

「ここに来るまで何軒か寺があった。おいらがかけあってくるから、お前ぇたち、女を運び出してくんな」

「運ぶったって……」綾太郎が言う。

「弔《とむら》ってくれる寺が決まらねぇうちは、お庸ちゃんの後を追っかけてウロウロしてると、町の連中が嫌がるぜ」

「だったらここで待っていても構わねぇぜ」庸はムッとした顔で言う。

「ここまで呼びに来る間に暗くなっちまうかもしれねぇな。死霊は、今夜はあっちじゃなくて、こっちに出て来るかもしれねぇぞ」

「うーむ……。だったら葦原の外の、人通りの少ねぇところまで出て待ってるよ」

綾太郎は言って、小屋の奥に立てかけられていた戸板を持って来た。

「ほれ、手伝え」

新之介と長一を促し、筵ごと女の遺骸を持ち上げる。

「水気が抜けきってるからずいぶん軽いや」

綾太郎は女の遺骸を戸板に載せると、小屋の隅から埃を被った筵を持って来てそれに被せた。

「それじゃあ、行くぜ」

庸は駆け出した。

瑞雲がいりゃあ面倒はなかったんだが――。

庸は葦原を飛び出す。戸板で女の遺骸を運ぶ三人は、後方でまだ葦を揺らしていた。

❖

腰高障子の向こうが暗くなってきた。

善太郎は五つの蛇目の中で身を縮めていた。

蛇目傘は丸い。四方と上方を囲んだとしても、隙間が八箇所出来る。それが不安だった。

傘の中に自分の息づかいが響いている。

外はどんどん暗くなる。

カタンッ

戸口で音がした。

善太郎は傘の隙間から戸口のほうを見た。

響く息づかいが速くなる。

スッと腰高障子が動く。

新之介たちならば声をかけるはず——。

開いた戸口に白地に青の縞の着物の裾が見えた。草履を履いた真っ白い足が敷居を越えた。

あの女だ——。

護符の結界が破れたから入って来られたのだ。

さらに息づかいが速く、激しくなる。

女が早足でこちらに近づいて来る。

「旦那さん。ここにいるのは分かっておりやんす……」

女の声が上から降ってくる。

「出てきておくんなさいな。また、とろけるような楽しいことをいたしんしょう……」

女は傘の周りを巡る。

蛇目の結界は効いている――。

死霊がすぐ側にいるという恐怖はあったが、善太郎は少しだけ落ち着いた。

このままじっとしていれば大丈夫だ――。

善太郎は女の足を目で追う。

足がぴたりと止まった。

爪先はこちらを向いている。

善太郎は恐る恐る上に目を向けた。

傘の隙間から女の顔が見えた。

目が合った。

女はニヤリと笑った。

「めっけた……」

善太郎は慌てて目を逸らし、体をさらに縮めて震えた。

「出ておいでなさいな……」

女の声が下から聞こえた。

思わずそちらに目をやると、女の顔があった。床に頬をつけ、恐ろしい顔で笑いながら、善太郎を見ている。

大丈夫だ。女はこの中へは入って来られない――。

「出て来ないなら捕まえて引きずり出しやしょうか……」

女が傘の隙間から手を伸ばした。

蠢《うごめ》く指が善太郎の顔に伸びる。

善太郎は首を捻《ひね》って避《よ》ける。

女の腕が傘に触れた。

ジュッ

と、音がして、何かが焦げる嫌な臭いがした。

「悔しい……、悔しい……、悔しい……」

女は地団駄を踏む。

床が揺れ、傘が小刻みに震えて、触れ合っていた縁の間隔が開く。

善太郎は慌てて傘の柄を摑み、引き寄せる。

女はまた蛇目の周囲を歩き出し、時々隙間から覗き込み、手を突っ込んできた。

善太郎は握った傘の柄を動かす。

傘は女の顔や、腕や、脚に当たって焦げる臭いを発した。

女は蛇目から少し離れたところを徘徊し始める。その目は常に傘の隙間に向き、恐ろしい表情で善太郎を睨んだ。傘の縁が当たった部分は赤黒い筋になっていた。

善太郎は、傘で威嚇すれば、この小屋から逃げ出せるのではないかと考えた。

しかし――。

逃げ出してどうする――？

五本の蛇目で周囲を守ることは出来なくなる。

危ない、危ない。死霊がそんな考えを吹き込んでいるのだ――。

このままじっと、夜明けを待つ。お庸さんが上手くやってくれれば、もっと早くこの状態から解放される――。

善太郎は「南無阿弥陀仏……」と、念仏を唱えた。

◆

「駄目だ、駄目だ。夜鷹なんかを墓所に入れるわけにはいかん」

住職はけんもほろろに言うと、庸の鼻先で山門を閉じた。

これで二つの寺に断られた。

曇った空はすでに紺色に暮れている。

あと半刻《はんとき》（約一時間）もしないうちに、真っ暗になるだろう。

大きな寺は駄目だ。十両ぽっちと鼻で笑われる。だとすりゃあ、海辺大工町のはずれで見た寺か――。

庸は走った。

◆

綾太郎、新之介、長一は、女の遺骸を載せた戸板を葦原を出た畑地に置いて、庸の知らせを待っていた。

濃紺の雲が低く垂れ込めていて、もう夜と言ってもいい刻限である。

三人は一様に眉根を寄せ、畑の向こう側の道に目を走らせている。

「降り出さなきゃいいけどな……」

綾太郎が言った時である。

カサッ

と何かが動く音がした。

風で葦が触れ合った音にしては小さい。

そして、その音は足元から聞こえた——。

三人はそっと足元に置いた遺骸に目を向ける。

筵が動いている。

その下の遺骸が動いているのだ。

「まずい！」

綾太郎は咄嗟《とっさ》に筵の上に覆い被さり、動きを封じた。

「どっちか手伝え！」

綾太郎の言葉に、新之介は遺骸の脚を筵の上から押さえた。

干し魚のような臭いが、筵の下から漂ってきた。

「長一！　縄を持って来い！」

新之介が叫ぶ。

「お、おう！」

長一は走り出した。

筵の下の遺骸が暴れ出した。乾涸らびた体のどこにそんな力が残っているのかと思うほど、それは強かった。

「こっちに死霊が戻っているんなら、善太郎のほうへは行ってないかもしれませんね！」

新之介は遺骸の脚に振り飛ばされそうになりながら言う。

「いや、あっちにもこっちにも出てるのかもしれねぇぞ。なにしろ死霊だ。どんな力を持っているか分からねぇ！」

綾太郎は応える。

「でも、なんで体に戻ったんでしょう！　死霊のままのほうが動きやすかろうに」

「そんなこと口にするねぇ！　遺骸にそれを気づかれたらどうするんでぇ！　体に戻

ったからこそ、おれたちで捕まえてられるんだ！」

「あっ、すみません！」

「お庸ちゃんは、隠世《かくりょ》のモノは現世《うつしよ》とは違う理《ことわり》で動いてるって言ってた。なんで体に戻ったかなんて分からねぇよ！」

二人で怒鳴り合っているうちに、長一が縄の束を持って駆けて来た。

綾太郎と新之介は筵ごと遺骸を持ち上げて、縄でぐるぐる巻きにした。

遺骸は戸板の上で芋虫のように蠢《うごめ》いた。

❖

「夜鷹の死霊のぅ――」

山羊髭を伸ばした住職は首を傾げる。

これまで夜鷹の遺骸と言うだけで供養を断られてはきたが、それを隠して土壇場でばれて断られるよりはいいと、庸は正直に言ったのであった。

「そういうモノは滅多におらぬぞ」

「おいらはそういうモノにしょっちゅう出会ってるんだよ。頼むよ」

「わしも何度か出会っておるが――、まぁ、連れて来てみよ」

「ありがてぇ！」

庸は体から力が抜けるほど嬉しかったが、「じゃあ、連れて来るぜ！」と言って、今まで以上の速度で葦原に戻った。

◆

小屋の外も中も、すっかり暗くなった。

女の位置を確かめる手段は足音だけになった。

だが――。

つい今し方から足音は聞こえなくなっている。

こちらが動き出すのを誘う罠か――？

それとも、お庸さんが上手くやってくれて、死霊は調伏されたのか――？

はっきりしなければ油断は出来ない。

善太郎は、同じ姿勢を続けていたので体のあちこちが凝って痛んでいたが、じっと我慢した。

◆

庸は用意していた携帯用の小田原提灯《ちょうちん》に蠟燭を灯し、来た道を走った。

提灯の明かりを見つけた綾太郎が「ここだ！」と声を上げた。そして、新之介、長一と共に遺骸を載せた戸板を持って庸の前に駆けつける。

「無縁仏として供養してくれる寺が見つかった！　急ごうぜ！」

庸は先に立って走る。

すでに陽が暮れていたから町に人影は少ない。仕事を終えて家路を辿る人々は、戸板に菰《こも》巻きの異様なモノを載せた綾太郎たちを気味悪そうに見て道を空けた。

海辺大工町のはずれの小さい寺に着き、山門をくぐると、山羊髭の住職が待っていた。

住職は菰で巻かれ、縄で縛られたモノがクネクネと動いているのを見て眉をひそめた。

「これはまた奇っ怪な……。筵の中は生きてるのではないのか？」

「乾涸らびた遺骸だよ。回向《えこう》してくれりゃあ動きが止まる。そうしたら菰を開いてやるよ」

「うむ――。ただならぬ妖気が漂っておるから、確かに生きた人ではなさそうだ」

住職は「ついてまいれ」と言って本堂へ歩いた。

❖

「旦那さん。旦那さん……」優しげな声が上から降ってきた。

「旦那さん。情けをかけてくれて、ありがとうござりやんした。お陰様で成仏出来そうでござりんす」

「そんなことを言って、誘《おび》き出《だ》そうって魂胆だろう」

「出て来なくてもようござんす。ただ一言、お礼とお別れを申したくて来やんした。恐ろしい目に遭わせて申しわけござりやせんでした。わっちは、吉原の大籬で御職《おしょく》を張っておりやした」

御職とは女郎屋で一番位の高い女郎のことである。

「落ちぶれて夜鷹になった後も、その時のことが忘れられず、いつか必ず返り咲いてやるという妄執が消えやせんでした。もう婆ぁになっちまったことに気づかない振りをして……。本当に愚かでござりやんした」

「お前、本当に成仏するのかい？」

善太郎は訊いた。

「はい。お庸さんのおかげで」

「それじゃあ——」

善太郎は傘をどかして顔を出そうとした。

「おやめくださいませ」女は言った。

「今は皺くちゃの婆ぁの姿でござりんす。旦那さんには、三日前の美しい顔を覚えていて欲しゅうござりんす」

「そうかい……。それじゃあ、夜が明けたら墓参りに行ってやるよ」

「この上もなく、ありがたいことでござりんす」

女は啜り泣いた。そして、足音が小屋を出て行った。

暗い外に足音が聞こえた。四人――。

バタバタと小屋に入ってくる。床に揺れる提灯の明かりが落ちて、近づいて来た。

提灯の明かりとは限らない。鬼火かもしれない――。

善太郎は五本の傘の柄を強く抱える。

「大丈夫かい？」

庸の声だった。

「生きてるか？」

新之介の声。

「もう出て来ても大丈夫だぜ」

長一が言う。

その言葉を聞いて、善太郎の中に猜疑心がわき起こった。さっきの死霊の謝罪の言葉も含め、巧妙な罠ではないかと思ったのである。

善太郎は一計を案じた。

「本物のお庸さんなら、その手でこの蛇目を退《の》けてくださいまし」

「そのぐらい用心出来たから生き延びたんだな」

庸の声が言って、天井になっていた蛇目が取り除かれた。

提灯の明かりに照らされた、庸、綾太郎、新之介、長一の顔が覗き込む。

「本物だ……」

善太郎の顔がくしゃくしゃっと歪み、涙が溢れ出した。

「さっき……、死霊が詫びに来ました……」

「そうかい。海辺大工町の寺で回向してくれたよ」

庸が一番上から取った傘を畳む。

新之介と長一が四本の傘をどけて、善太郎を助け起こした。

善太郎は全身が固まっていたから、しばらく腰を伸ばせなかった。

「住職がよう、お前ぇの体に穢《けが》れが残っていようから、連れて来るようにって言ってた。清めてくれるそうだぜ」

庸が言った。

「ありがとうございます。死霊に墓参りに行くと約束いたしましたから、ちょうどようございます。今から参りましょう」

浜町堀沿いの道を歩いている時、善太郎が思い出したように「あっ」と言った。

「なんだい。忘れ物かい？」

蛇目三本を担いだ綾太郎が訊く。残り二本の傘は新之介と長一が携えていた。

「女の名前を聞いておくんでした。怖さが勝って気が回りませんでした」

「回向の前に、住職が死霊から聞き出した。戒名《かいみょう》をつけてやらなきゃならなかったたからな。女郎の頃は胡蝶《こちょう》。本名はつかだそうだ」

「胡蝶でございますか……」

善太郎の顔が強張る。

「なんでぇ。客だったかい？」

綾太郎がニヤニヤと笑う。

「いいえ。わたしは女郎屋通いはいたしません。以前、父がちょっとした騒動を起こした太夫《たゆう》と同じ名前でございます。母は今でも恨み言を申します。今回の女と同じ人かどうかは分かりませんが――。太夫はその騒動のせいで格を下げられ、不遇のまま年季を終えて故郷《さと》へ帰ったと聞きました」

「故郷には帰れねぇよ」綾太郎が悲しそうに言う。

「近所の目があるし、親は娘を売ったって引け目がある。娘のほうも、数え切れねぇ男に抱かれたって思いがあるしな」

「だから夜鷹に……」

善太郎は俯《うつむ》く。

「よっぽどいい男に巡り合わなきゃ、そうなるしかねぇ。気の毒な女たちさ」

「しかし――」庸はどうしようもない話題を変えるために口を挟んだ。

「因果ってのはあるもんだねぇ」

「わたしを怖がらせたことで、少しは溜飲を下げてもらえたんでしょうか」

「成仏したんだからそうなんじゃないか」

「父に言って、ちゃんとした墓を建てさせます」

善太郎は言う。

「いや、墓なんか必要ねぇと思うぜ。お前ぇさんが手折《たお》った花を供えてくれりゃあ、もう充分だと言うさ」

庸は善太郎の背を優しく叩いた。

ぽつりと庸の頬に雨粒が落ちた。

「降ってきやがったぜ」

庸は雨粒を拭う。

「ちょうど五本」綾太郎は担いだ傘を庸と善太郎に渡す。

「因果ってのはあるもんだねぇ」

綾太郎は庸の口調を真似して言い、担いでいた残り一本を自分で差した。

「因果ってのとは、ちょっと違うんじゃねぇか」

庸は苦笑する。

本降りになってきた雨が傘を叩く音を聞きながら、庸たちは歩いた。

野分《のわき》の後

一

暑い夏はあっという間に過ぎ去って、野分《のわき》(台風)が江戸を襲った。

風雨は三日荒れ狂い、大川は濁流が溢れそうになった。

庸《よう》が逃げるかどうか迷っているうちに雨は止み、水が引き始めた。

すぐに本店《ほんだな》から松之助《まつのすけ》が駆けつけて、吹き溜まった木の葉や芥屑《ごみくず》を一緒に片づけて店を開けた。野分の間、雨戸は閉めっぱなしにしていたが、桐油合羽《とうゆがっぱ》を借りに来たり、雨漏りを溜める器が足りないと、手桶を借りに来たりする者もけっこういた。

いつもの日常を取り戻して十日ほど経った日。

その日最初に暖簾をくぐって土間に入って来たのは、野良着を着た三十絡みの男であった。百姓かとも思ったが、着衣に土や泥の汚れが少ない。

さて、どんな仕事をしている男だろう——?

と、庸は帳場机の向こうで顔を上げながら考える。

男は、おどおどした表情であったが、すぐに口を開いて、

「獣《けもの》も貸すかい?」

と訊いた。

「獣?」庸は帳場机の前で眉をひそめる。

「どんな獣でぇ？」

「猿」

男はぶっきらぼうに言う。

「猿だぁ？　猿を何に使う？」

「ちょっとした寄合があるんでぇ。そん時に余興で猿曳《さるひき》（猿回し）をやりてぇんだ。人によく慣れた猿がいい」

「ふーん」庸は片眉を上げる。

「いくら人に慣れているったって、素人に扱えるもんじゃねぇだろうよ。お前《め》ぇのほうも猿の扱いに慣れなきゃならねぇ」

「そうだな……」

男は考え込む。

「寄合までに猿曳の技を習得しなきゃならねぇ。間に合うのかい？」

「うん……」

猿曳は思いつきの言い訳かい――。

庸は思った。

では、猿を何に使うのか――？

「浅草に――」松之助が口を挟む。

「知り合いの猿曳の親方がいます。ご紹介しますすよ」

「うっ……」

男は狼狽《うろた》えた様子を見せる。

「どうしてぇ？」庸は帳場机に肘をついて身を乗り出す。

「猿曳の親方んとこに行けば、話が早いぜ」

庸の言葉に、男は視線を彷徨《さまよ》わせる。

「……また来らぁ」

そして、そそくさと土間を出て行った。

帳場の裏の小部屋から、風采の上がらない中年男が出て来た。風呂敷包みを背負っている。蔭間《かげま》の締造《しめぞう》であった。今日の追いかけ屋である。風呂敷包みは用事を言いつけられたお店者《たなもの》に扮しているのであろう。

締造は草履《ぞうり》を突っかけ、庸と松之助に小さく頭を下げると、店を出て行った。

「ほんと、猿を何に使うんでしょうね」

松之助が庸に顔を向けた。

「見当もつかねぇや。猿曳の余興じゃねぇことだけは確かだな」

「ってことは、猿を借りたいのであって、芸が出来る必要はないんでしょうね」

「なるほど――」庸は肯く。

「いつだったか、猿の面を借りに来た奴がいたな」

「ああ、いましたね――。今度も同じような話ですかね」

「今度は生きた猿だからな――」庸は猿を借りに来た男の風体を思い返す。「もしかしたらっていう景迹《きょうじゃく》が一つあるが、締造があの男の仕事を確かめて来れば、はっきりする」

「今度も犬が関わっているんですか？」

「犬じゃねぇよ。まぁ、締造が帰って来るのを待とうぜ」

庸は帳簿を開く。

「左様ですね」

松之助は少し不満そうな顔をして、納戸へ物を取りに行った。

二

男は湊屋《みなとや》両国出店《でだな》を出ると、北西方向へ歩き出した。締造は程良い距離を空けて後を尾行《つけ》る。

男は尾行がついていることなど思いもしていないのだろう、身を隠そうともせずに歩いている。

男は一刻半（約三時間）ほどかけて、三里半（約一四キロ）を歩き、板橋《いたばし》に至った。

締造は途中で長い道のりになりそうだと判断し、風呂敷包みの中の柳行李《やなぎごうり》から脚半《きゃはん》と草鞋《わらじ》を出して足元を固めていた。

板橋は宿場があり、中山道《なかせんどう》や川越街道が合流、分岐する賑やかな町だが、男は細い道を辿り繁華な通りから離れて、荒川の段丘の上に建つ田舎屋へ入る。

締造は木立に身を隠しながら家に近づく。

家の裏手には畑があったが、面積は小さく、農業を生業《なりわい》にしているのではなさそうだった。母屋の横に、馬小屋があった。年寄馬の姿が見えた。荷物をくくりつける鞍《くら》や、大八車などが置かれている。宿場が近いから馬を使った荷運びの仕事——、馬方《うまかた》でもしているのだろう。

馬小屋の軒先に、小さな白っぽいものがぶら下がっている。締造はそっと小屋に歩み寄る。

年寄馬が、『何者であろうか』と言いたげに締造に顔を向けたが、警戒のいななきを上げるようなことはなかった。

白っぽいものは、梁《はり》から麻紐で下げられていて、微風にユラユラ揺れていた。

大きさは握り拳より二回りほど大きい。

大きな穴が二つ——。

締造はギョッとして足を止めた。

白いものは髑髏《しゃれこうべ》だった。

眼窩《がんか》から上の膨らみがないし、牙《きば》があるから、人のものではない。何かは分からないが、獣の頭蓋骨のようだった。

「薄気味悪い……」

呟き、締造は足音を忍ばせて母屋に近づく。土壁越しに耳をそばだてると、男女の話し声らしいものは聞こえたが内容までは分からなかった。

どこか中を覗ける場所を探すか、それとも近所に聞き込みをするか――。

締造は、二丁（約二二〇メートル）ほど離れた、秋野菜らしい葉が列を作る畑の中に、農婦の姿を見つけた。葉の色が悪くなったものを抜いては、脇に積み上げていた。畑のはずれには萎《しお》れた葉が山積みになっている。

締造は用足しの途中という風情で道を歩き、農婦の近くまで来ると声をかけた。

「もうし。そこの人」

締造の呼びかけに、農婦はしゃがんだまま締造に顔を向けた。

「野分にやられたかね」

「ああ、そうだよ」

農婦は不機嫌そうに言う。

「やられたのは捨てるのかい？」

「仕方がないから堆肥にするのさ」

「気の毒だったたな――。ときに、あそこに馬を飼っている家があるが、馬方をしているのかね？」

「ああ。五助《ごすけ》の家だね」農婦は立ち上がって腰を伸ばし、男の家のほうを見た。

「どんな荷物を運ばせたいんだい？」

「薬草の類だから、嵩《かさ》はあっても大した重さじゃない」

「年寄馬だから、あまり大きな荷物は運べねぇって言ってたが、それなら大丈夫かな」

「五助は馬方で家族を養ってるのかい？　大きな荷物を運べない馬じゃあ大変だな」

「家族ったって、女房が一人さ。両親はとうに死んじまってるし、子供は奉公に出てる」

「へぇ。夫婦仲はいいのかい？」

「あんた、ずいぶん訊くねぇ」

農婦は疑わしそうな顔になる。

「大切な薬草を運ばせるんだ。安心出来ねぇ奴には頼めねぇよ」

「それもそうだ」農婦は得心したように肯いた。

「安心しな。五助は正直な奴だよ」

正直な奴が嘘をついて猿を借りに来た――。

「そうかい。それじゃあ、ウチの旦那にそう伝えておくかな。で、この近くにはほかに荷運びはいるかい？」

「そりゃあ、宿場の近くだからね。だが、五助が一番安いね」

「なら、何箇所か回ってみるかな」

「あたしゃ、五助をお薦めするよ」

「分かった。ありがとよ。仕事の邪魔をして悪かったな」

締造は言ってその場を離れた。

◆

締造が両国出店に戻ったのは夕刻近くであった。

土間に入って来た締造を見て、庸はニヤリと笑い、開口一番、

「馬方だったろう？」

と言った。

締造は驚いた顔で立ち止まり、

「ご明察」

と答える。

「なんで分かったんです？」

松之助も驚いたように訊く。

「猿は馬の守り神なんだよ」

庸は得意げに言う。

「なんでそんなことを知ってるんです？」

締造は板敷に腰を下ろしながら訊いた。

「前に猿の面の一件があってから、ちょいと猿について調べたんだよ。猿に関わる何かを借りたいって言われた時に、色々と知っといたほうがいいと思ってさ」

「へぇ。それが景迹に役立ったってわけですかい」

「気になったことは調べておいて損はねぇのさ。この商売を始めてからずいぶん物知りになったぜ」

「お店《たな》の主《あるじ》なんですから、日々の学びは当然です」

松之助が素っ気なく言う。

庸は「ふんっ」と顔を背けて、締造に言う。

「あの男は野良着は着ていたが、百姓じゃなさそうだった。ならば人足《にんそく》だろうと目星をつけた。そうしたら猿を貸せと言う。そこで馬がいるって思いつき、馬を飼う人足、馬方だなって考えた」

「なるほど、そういうことでござんしたか」締造は大きく肯いた。

「男の名前は五助。女房と二人暮らしで、板橋のはずれの家に住んでおりやす。野良仕事をしている女や、五助を雇っている問屋などで話を聞いてみましたが、真面目な男のようで、よからぬことを企むような奴じゃなさそうで。ただ――」

締造は眉をひそめる。

「ただ、なんでぇ？」

庸が訊く。

「気味の悪い呪《まじな》いをしてやした」

「呪い？」

「へい。馬小屋の軒先に、得体の知れない獣の髑髏《されこうべ》がぶら下がっていたんで」

「ああ。そいつは猿の髑髏だよ。それも馬を守る呪いさ」

「ああ、左様でござんすか」

締造は肯いた。

「だが――」庸は腕組みして首を傾げる。

「猿の髑髏を吊しているのに、さらに猿が借りたいかい。こりゃあ、馬に何かよくないことが起きたのかもしれねぇな」

「病気か何かですか？」

松之助が訊く。

「年寄馬だったが、病のようには見えやせんでしたぜ」

締造が言った。

「それじゃあ、馬泥棒か何かに狙われているとか」

「年寄馬を盗んでどうするんです。買い手なんかいやせんよ」

締造は呆れ顔で手を振った。

「自分の家で使うのかもしれないじゃないか」

松之助はムキになった。

「馬泥棒なら役人に訴えるさ――」庸は腕組みをして顎を撫でた。

「何が起こっているのか興味がある」

「駄目ですよ」松之助がぴしゃりと言う。

「板橋まで出かけるなんて言わないでくださいよ」

「なんでだよ。年寄馬がいなくなっちゃ、五助と女房は飯の食い上げなんだぜ。それを防ごうと、猿を借りに来た。困っている客を助けるのは――」

庸の言葉を、松之助は手で制する。

「諦めて帰ったんだから、もうお客じゃありません。猿を借りられなかったんだから、別の手を考えてます。それが駄目だったら、また何か借りに来ます。そうなったら相談に乗ってやればいいんです」

「だけど、今夜、何かあったら――」

と、庸は食い下がる。

「お庸さんは、世の中の困っている人たちをみんな助けることは出来ないと学んだんじゃないんですか?」

「うん……」

「人助けってのは、困っている人が、考えられるだけの手を打って、それでも駄目な時にするものだとわたしは思います。もし今夜何かあって、年寄馬がどうかなったとしたら、それは五助さんの考えが足りなかったってことですよ。あの時に諦めて帰らずに、お庸さんに相談すればよかったんです。それが出来なかった五助さんが悪い」

冷たい考え方だと庸は思ったが、確かに一理ある。先回りをして手助けをしていたのでは、商売にも差し障りがある。

人助けをやめれば、松之助の給金も、本店《ほんだな》に援助してもらわずにすむかもしれないのだが――。

「分かったよ」

庸は不承不承言った。

三

陽は山影に隠れ、空が桃色に染まった。群雲《むらくも》は赤紫になってゆっくりと流れている。

五助は馬を曳《ひ》いて、神社の境内に入った。古びた社《やしろ》はあったが、神職は常駐していない。しかし、境内には広場があって、集落の者たちの憩いの場となっていた。

日が暮れたそこには人影もなく、杉木立の影が落ちて、闇が広がっている。

五助は手近の杉に手綱を結び、社の階段に座り込んだ。袈裟《けさ》懸《が》けに背負った風呂敷包みを解いて竹を編んだ小さい籠に入れた頓食《とんじき》（握り飯）を取り出して頰張った。

どれだけの御利益《ごりやく》がある神社であるかは分からない。少なくとも、五助は願い事を叶えてもらったという覚えはない。

しかし、ここは神域——。

禍々《まがまが》しいモノは入り込めないはずだ——。

だけど——。

と、五助は眉をひそめて咀嚼《そしゃく》をとめる。

集落で死人《しびと》が出れば、穢《けが》れが入り込まないようにと、鳥居に筵《むしろ》を下げる。

つまり、神さまというのは、穢れに弱いのではないか？

ただの人の死も穢れとして避けてやらなければならないほど弱いのならば、神さまに魔物を退ける力はないのではないか？

五助は急に心細くなった。

ここならばあれは近づけないと考えたのだが——。

しかし、家に戻れば昨夜と同じようにあれが来る。馬小屋に泊まり込んで、中に入って来ようとするあれを松明《たいまつ》で脅して一夜が明ける——。

だが、もしここが安全だとしても、毎晩ここで野宿するわけにはいかない。

「やっぱり、湊屋の出店に相談するしかねぇな」

両国出店に猿を借りに行ったのは、主の庸が物ばかりではなく力も貸してくれるという噂を聞いたからであった。だが、最初に嘘をつき、それを見破られそうになってそそくさと逃げてきた。そんな自分を助けてくれるだろうか——。

ああでもないこうでもないと言い訳を考えているうちに、夜は更けていった。

少しうたた寝をすると、風に鳴る木の葉の音に驚いて目覚める。そして、あれが現れないまま東の空が白みだした。

辺りに青白い黎明《れいめい》の光が満ち、五助は杉の木に結んだ馬の手綱《たづな》を解く。

その時、人影が鳥居をくぐって境内に駆け込んだ。

「あんた！」

女房のつるの声だった。

「どうした？」

五助は手綱を曳きながら、つるに歩み寄った。

「また出たよ！」

つるは泣き顔で五助にしがみついた。

「あれがか！」五助は女房の体を押し剥がし、その顔を見る。

「家に入って来たか？」

五助の問いにつるは首を振る。

「家や馬小屋の周りを歩き回っていただけだったけど、怖くて一睡も出来なかった」

「馬を狙っていたんじゃなかったのか……」

「馬を探していたのかもしれないけど……、外が明るくなったから逃げて来たんだよ」

「あれを見たか？」

「姿は見えなかった」

「やっぱり、湊屋の出店を頼るしかねぇな……」

五助は唇を嚙む。

「でもあんた、嘘がばれて逃げて来たんだろ？　助けてくれるかねぇ……」

「それじゃあ、誰を頼るってんだ。寺の坊主にゃあ、『そんな話をしてると、集落の連中に相手にされなくなるぞ』って笑われて追い返された」

そんなことを言われたので隣近所の者に相談することも出来なかった。

五助はつるにつられて泣き顔になる。

馬は二人の様子を見て不安になったのか、歩み寄ってその頭を押しつけてきた。

「そうだな……。べそをかいてたってしょうがねぇや」五助は馬の首を叩いて言う。

「すがってみるしかねぇ」

「そうだね」

つるは肯いた。

二人は馬を曳き、ゆっくりと境内を出た。

❖

昼前、両国出店の暖簾をたくし上げて、おずおずと土間に入って来た男がいた。
猿を借りに来た男——。五助である。

庸は、奥から出て来た松之助を見てニヤリと笑う。

「向こうからやって来たんなら、構わねぇんだよな？」

庸の言葉に松之助は肩を竦める。

庸は五助に顔を向けた。

「猿を借りに来たのかい？」

「いや、今日は違うんで」

五助は目を逸らして頭を掻く。

「馬のことが心配なんだろう？」

「えっ？」五助は顔を上げる。

「なぜご存じで？」

「猿は馬の守護神。お前ぇさんは馬方みてぇな格好をしてた。ならば何かから馬を守ろうとしていた。そして、本当のことを言えば猿を貸してもらえないと思い、余興なんて嘘をついた。理由を隠して物を借りに来る奴らは、よく『余興に使う』っていう言い訳を言いやがるんだ」

「恐れ入りやした」

五助は崩れるように土間に土下座した。

暖簾の向こうから、つるが顔を覗かせてお辞儀した。暖簾の下から草鞋をつけた馬の脚が見えた。この時代、日本では蹄鉄《ていてつ》はまだ使われておらず、馬には蹄《ひづめ》を守るために草鞋を履かせていた。

「怖くて馬まで連れて来たかい」庸は言った。

「表に馬がいちゃあ、ほかの客が入り辛《づれ》ぇ。裏庭に繋いどきな」

庸が言うと、松之助が外に出て、つると馬を裏庭に誘《いざな》った。

「まぁ、座りな」

庸は板敷を指す。五助は尻の土埃を手拭いではたき、腰を下ろした。

「お前ぇの家の近くには川があるだろ?」

「へい、ございますが——」

五助は怪訝な顔をする。

「じゃあ、河童《かっぱ》だな」

庸が言うと、五助は大きく目を見開いた。

「河童が馬に悪戯するんじゃねぇか?」

庸は微笑《ほほえ》みながら訊く。

「お庸さんは八卦《はっけ》置《お》き(占い)か何かなさるんで?」

五助の声は少し震えた。

「景迹だよ」庸は顔の前で手を振った。

「馬を守護神の猿に守ってもらおうって考えたのは何か怪異が起こったから。猿によってその怪異が消えるってぇんなら、猿が追い払えるモノが出たんじゃねぇかって景迹した。河童は猿を見ると金縛りに遭ったように動けなくなる。猿は河童を見るととっ捕まえたくなる」

「ご明察でござんす」

五助は感嘆の溜息をついた。

「何があったか話してみなよ」

庸は促す。

「へい……」五助は少し考えて、口を開く。

「最初は十日ほど前でございやした」

「酷く雨が降ったあたりか」

「へぇ。荒川がたいそう増水したんでござんすが、その水が引き始めた頃でございやす」

五助が言った時、松之助がつるを伴って板敷に現れた。二人は庸の斜め後ろに座る。

「夜、馬が騒いだので、外に出てみやした。すると、馬小屋の辺りをうろつく人影が二つ見えたんでございやす。こりゃあ、馬泥棒かもしれないと思って大声を出しやした。すると人影はいなくなったんでござんすが、手燭《てしょく》を持って様子を見に行くと――」

五助がごくりと生唾を飲む。

「何があったんです？」

松之助が恐る恐る訊く。

「沼を掻き回したような、生臭いっていうか青臭いっていうか、そんな臭いがして、馬小屋の辺りに水の痕がありやした。明るくなってから見に行くと、崖の脇の川原に降りる道まで水の痕は続いてやした」

「その先は?」

「増水で泥だらけになった田圃《たんぼ》があるんですが、恐くて行けやせんでした」

「なぜです?」松之助が訊く。

「明るかったら、恐くないじゃないですか」

「そりゃあ、亡魂の類なら、明るければ出て来ないでしょうが、相手が物の怪なら——。川で馬を洗っていると河童が尻尾を引っ張って、川に引きずり込むって話を思い出しやして……」

「で、河童が馬に悪戯をしに来たって思ったんだな?」

「へい。河童なら昼間でも出るでしょうし、うっかり川へ近づけば引きずり込まれるかもしれねぇと」

「河童なんているんですか?」

松之助が疑わしそうな顔で庸を見る。

「さてな。おいらは見たことがねぇからいるともいねぇとも断言出来ねぇが、亡魂がいるんだから、そういう魔物もいるかもしれねぇ」

「あれは確かに河童です……」つるが震える声で言った。

「昨夜来たモノの影を見たんです。頭から長い毛を垂らして……」

「河童って長い髪だったっけ？」

庸は首を傾げた。

「川のほうから来て、生臭い臭いをさせてたんです。河童以外にないじゃないですか」

つるは怒ったように言った。

「はっきり見たんじゃなきゃあよぉ。土左衛門《どざえもん》（水死人）の亡魂かもしれねぇぜ」

「でも、今回の大水で人が流されたって話は聞きやせん……」

五助は顔色を悪くして首を振った。

「なにも今回の大水で死んだ奴とはかぎらねぇよ」

「でも、なんでうちに？」

「さぁな。隠世《かくりょ》ってぇのはおいらたちには分からねぇ理屈で動いてるそうだからな」

「どうしたらいいんでしょう？」五助はすがるような目で庸を見た。

「河童が悪戯をしに来ているんなら、猿を使って追い払えると思ったんですが……。土左衛門の亡魂となると……」

「そうだなぁ」

庸は胸に手を当てる。着物の下には守り袋があった。

家神《イエガミ》になるために修行中の姉、りょうの霊と繋がる守り袋である。

りょうに問いかけるが、返事はない。

「どうしたんで?」

と、五助が庸の顔を覗き込む。

「いや、なんでもねぇ。ともかく、河童なのか土左衛門の亡魂なのか、それとも別の物の怪なのか確かめなきゃならねぇな」

「行くんですか?」

松之助がしかめっ面をする。

「怖がり屋さんは留守番をなさいやし」奥から締造が姿を現した。

「お庸さんのお供はあっしがしやすよ」

「おれと女房もですか?」五助は情けない顔をする。

「昨夜は馬がいなけりゃあ物の怪は出ないと思って、女房を家に置いて馬を連れて神社で一晩明かしやした。だけど物の怪は家のほうに現れて、女房は一睡もしておりやせん」

「女房と馬は、ここに泊まればいい。松之助が番をする」

「ここには来ないでしょうね」

松之助は眉を八の字にした。

「たぶんな」庸はニヤリと笑った。

「今から出かける。泊まるつもりだが、明るいうちに正体が分かりゃあ、泊まらずに戻って来られるかもしれねぇ」

「損料《そんりょう》はどうするんです？　今回は力だけ貸すことになりますよ」

松之助は厳しい口調で訊いた。

「そうさなぁ」庸は五助を見る。

「猿を幾らで借りるつもりだった？」

「二百文ばかり用意しておりやした」

「じゃあ、その損料でおいらを貸すよ」

「お庸さんは猿じゃないでしょ」

松之助は眉をひそめる。

「物の怪除《よ》けって役割は一緒だろ」

庸は戯《おど》けて猿の真似をして見せた。

四

庸は、悪霊や物の怪の調伏《ちょうぶく》に長《た》けた浅草藪之内《やぶのうち》の東方寺《とうほうじ》住職、瑞雲《ずいうん》を呼んで来ようかとも思ったが、浅草に寄ってから板橋に向かうのでは随分な回り道である。それに、五助に調伏の初穂料を払わせるのは気の毒であった。充分な金をもらえないとすれば、業突張《ごうつくば》りの瑞雲はにべもなく断るだろう。そう考えて、諦めることにしたのだった。

板橋の五助の家に着いたのは、空に夕暮れの気配が滲み始める頃だった。

南の空に濃い灰色の雨雲が広がっていた。

庸は敷地の北端、段丘の上に立って、辺りを見回した。締造が横に、少し離れた後方に不安げな顔の五助が立った。

未だ水量の多い荒川が、薄茶色の流れを見せている。岸から段丘の麓《ふもと》までは砂や泥の堆積であった。畦《あぜ》の形が盛り上がっていて、辛うじてその下に田圃があることが分かった。

「もうすぐ刈り入れだったろうに――。あそこを耕してた奴は、泣いてるだろうな」

庸は切なそうに言った。

「夜逃げしたらしゅうござんす」

五助が言った。

「逃げる気力があったんなら、どこでも生きていける」締造が暗い声で言った。

「こういうことになると、首を括《くく》る奴も多《おお》ござんすからね」

「知り合いにいたのかい？」

庸は訊く。

「ええ、まぁ」

締造は言葉を濁した。

「そうかい――。それは気の毒だったな」

庸は深くは訊かずに話を切り上げた。

「下に行ってみますか？」

締造が訊いた。

「泥が物の怪の住処《すみか》かもしれねぇ。向こうに有利なところへのこのこ出かけるよりも、こっちに出てきたところをとっ捕まえるのがいい」

「とっ捕まえるんですかい？」

五助が驚いた顔で言った。

「まぁ、上手くいったらな」庸は五助に顔を向ける。

「川漁師に知り合いはいるかい？」

「投網《とあみ》で捕まえるつもりですかい？」

締造は訊いた。

「大当たり」

「知り合いはおりますが、商売道具をそんなことに使わせてくれるかどうか……。それに、物の怪を捕まえると言ったら断られるに決まってます」

「嘘を言って連れてくる――、ってのも気が引けるかい」庸は肩を竦めた。

「仕方がねぇな。それじゃあ、今夜は正体を見極めるだけにしようか。正体が分かったら、次の手をどうするか考える」

「ならば、松明《たいまつ》を作っておきやしょうか」

締造が言った。

「そうしよう」庸は肯く。

「五助。二尺くれぇの棒を三本。ぼろ布と油を用意してくれ」

「かしこまりやした」

五助は家に向かう。庸と締造は後に続いた。

◆

棒の尖端にぼろ布を巻き、魚油を染み込ませた後、それを土間の片隅に置いて、庸たちは囲炉裏端《いろりばた》で夕餉《ゆうげ》をとった。

夕餉とはいっても、野菜の多い雑炊である。米はほんの少し。副菜は菜っ葉の漬物であった。

町の者たちは、おかずは少ないものの、日に三合の白米を食う。飯だけは腹一杯食えるのだが――。

客に出す雑炊だから、いつもよりも米の量は増やしているだろう。つまり、つると二人きりの夕食はもっと米は少なかろうと思われた。

切り詰めた食事をしなければならない生活なのだ。お庸を借りる損料、二百文は泣きたくなるほどの出費に違いない。

何か口実を作って、二百文を返してやろうか――。

庸は薄い味噌味の雑炊を啜りながら思った。

いや――。

五助は覚悟を決めて二百文を懐に両国出店を訪れたのだ。つるも納得のことであろう。

ならば、二人の暮らしを哀れに思って二百文を返してやるというのは、無礼ではないか?

人々は働いて報酬を得、飯を食っている。

それは五助もおいらも同じだ。

五助は馬で荷物を運んで、銭をもらう。

おいらは、物を貸して、銭をもらう。

きっちりと仕事をしたら、対価はもらわなければならない。そうしなければ、自分の仕事に対しても無礼だ。

おいらは商売をしてるんだ。ただで仕事をしてやろうなんて考えちゃならねぇよな――。

庸は勢いよく雑炊を啜り、菜っ葉の漬け物で椀の中を拭った。その菜っ葉を口に放り込み、いい音をさせて噛んで、「ご馳走さま」と箸を置いた。

「お口に合わないものを出して申しわけございやせん」

五助はすまなそうに言った。

庸はそれだけ言った。

「雑炊は好物さ」

何と返そうかと一瞬考えたが、余計なことを言えば五助を傷つけると思い、庸はそれだけ言った。

五助は三人分の食器を笊《ざる》に入れて、外に出る。

「難しいもんだな」

庸は囲炉裏の火を見ながら言った。

「何がです？」

締造が訊く。

「色々」

「蔭間なんかやってると、難しいことはごまんとございやすよ。だけど男が好きなんだからしょうがねぇ」

「うん。しょうがねぇよな。しょうがねぇからどうするかって考えりゃあいいって学んだばかりだった」

「左様でござんすよ。しょうがねぇものは、しょうがねぇから」

締造は庸を見てニッコリと笑った。

駆け足の足音が聞こえ、五助が土間に飛び込んで来た。

「来やした」

五助は抑えた声で言う。

庸と締造は土間に飛び下りて松明を取る。

「どこにいる?」

庸は五助に松明を渡して訊く。

「馬小屋の辺りで物音がしやした」

「よし」

庸は腰高障子に歩み寄り、細く開けて外の様子をうかがう。

馬小屋の側に動く影を二つ見つけた。

一つは男の大人くらいの大きさだ。もう一つはもう少し小さい。

庸は手で締造と五助に松明に火を点けるよう指示した。

締造と五助は囲炉裏の火を松明に移すと、障子にその光が届かないように、壁際に下がった。

影は馬小屋を離れ、母屋のほうへ近づいて来る。

庸は二人に手招きする。

締造が庸に駆け寄ってその手の松明に火を移した。

庸は障子を開けた。そして松明を前方にかざす。

庸の背中に冷たいものが走った。

思いもかけないモノがそこに立っていたからだ。

松明の明かりに照らされたのは、衣冠《いかん》を纏《まと》った男と、十二単《じゅうにひとえ》の女。全身がずぶ濡れで、頭から長い水草が垂れている。仲良く手を繋いでいるのが不気味だった。生臭いような青臭いような臭いがした。

『おりょう姉ちゃん！』

心の中で呼ぶが、りょうは答えない。

おりょうの助けはない。遠回りでも東方寺に寄って瑞雲を引っ張って来るんだった――。

後悔しても遅い。おいらがなんとかしなきゃ――。

「お前ぇらは誰でぇ！」

庸は、自分の怖《お》じ気《け》を吹き飛ばすために大きな怒鳴り声を上げ、衣冠の男に駆け寄り、その肩を強く摑んだ。

硬い――？

人の肩とは思えないほど硬く冷たかった。

男は庸を見下ろし、そして、十二単の女と共にスッと消えた。

庸の掌に、男に触れた感触だけが残った。

締造と五助が庸に駆け寄る。

「何ですかありゃあ、やはり亡魂ですか」

締造は震える声で訊いた。

「仲良く手を繋いでたな……」

言いながら、庸は男に触れた掌を見た。

あれは、どこかで触ったことがある感触だった——。

どこだったろう——。

「ありゃあ、河童でも亡魂でもねぇな——」

言った瞬間、お庸の脳裏に閃くものがあった。

庸は松明で足元を照らしながら、敷地のはずれの段丘の際《きわ》に走った。そして、暗黒の田圃に向かって叫ぶ。

「明るくなったら行ってやるから、待っていやがれ！」

「どうしたんです、お庸さん」

慌てて後を追ってきた締造が訊く。

「今夜は、もう出て来ないようにする呪《まじな》いさ」

「じゃあ、今夜は安心して寝られるので？」

締造の横に立った五助が言った。

「大丈夫だ。両国出店に行くこともねぇからお前ぇの女房も馬も心配ねぇ」

庸は答えた。五助は心底ホッとした顔をした。

「で、あれはいったい何だったんです？」

締造が訊ねる。

「謎解きは明日《あした》してやるよ。外れたら恥ずかしいからな」

庸は母屋へ歩き出した。

その夜、物の怪は戻って来なかった。

五

翌朝、庸は鋤《すき》を担いで五助の家を出た。

締造、五助も鋤を担いでいたが、その柄には庸の言いつけで空の水桶を二つぶら下げている。

庸は崖下に向かう斜面の道を下る。

そこからはすでに、目指すべき場所が見えていた。

泥は坂道の下から荒川の河畔林《かはんりん》まで続いている。段丘の下にも泥が押し寄せていたが、その崖下に幾筋もの足跡があった。坂の下から半丁ほど続いている。段丘の真下だから、上から見た時には気づかなかったのだ。

「あれは……」

「昨夜《ゆんべ》の二人がつけた足跡よ。毎晩、ここを通って五助の家へ通っていたんだ」

「もしかすると、あそこに?」

締造は足跡の起点を見た。

「そう。あの二人の正体が埋まってる」

「河童じゃないでしょうね」

「河童が衣冠や十二単を着るかよ」

「お公家さんが埋まってるんで？」

「馬鹿。そんなわけあるかい」

庸は草履を脱ぎ裁付袴《たっつけばかま》を膝上までたくし上げた。締造と五助は尻端折りにする。

泥は、昨夜嗅いだ異臭がした。

泥の中の水草などが腐った臭いだった。

三人は、脹《ふく》ら脛《はぎ》の真ん中辺りまで泥に沈み、時々転びそうになりながら、おっかなびっくり進んだ。

足跡は大人の男女がつけたものに見えた。

ただ、庸たちとは違って、危なげなく進んだものとみえ、等間隔で綺麗に続いている。二人分の往復の足跡は、崖からわずかに離れたところでプッツリと消えていた。

足跡の消えた場所に着くと、庸は鋤で泥を掘り始める。幾らか乾きかけていたので、砂混じりの泥は積み上げると崩れずにそのまま山となっていく。

締造と五助も、庸が掘っている穴を広げる。

「乱暴に掘るんじゃないぜ、鋤の先が何かに当たったら手を止めろ」

「何が埋まってるんです？」

締造が訊いた時、鋤の尖端が何か硬い物に当たった音がした。

「そこだ！　そっと掘れ！」

庸は言って、音がした辺りを削り取るように鋤を動かす。

硬くて平らな物が、斜めになって泥の中から姿を現してくる。

幅は三尺（約九〇センチ）。厚みは五寸（約一五センチ）ほどだろうか。下部はまだ泥中だから正確な長さは分からないが、現れた部分は五尺（約一五〇センチ）はあった。上部は丸みを帯びた形状で、どうやら石板のようであった。表面には何か彫り込まれているが、泥がへばりついていて分からない。

「こいつは何でござんす？」五助は怯えた顔で石板を見る。

「墓石《はかいし》か何かでござんすか？」

「石碑だよ。水桶に水を汲んで来な」

庸は言った。

「ああ、こいつは水で石碑を洗い流すために持って来たんですかい」

締造は崖下に置いた四つの水桶を見た。

「石碑が埋まっているって分かっていたんで？」

五助が訊く。

「ああ。昨夜、衣冠の男の体に触れた時、石の感触がしたんだ。衣冠の男、十二単の女。石。それで分かった」

「さっぱり分からねぇ」

締造は首を振る。

「ああ、なるほど！」

と声を上げた五助に、庸は立てた人差し指を唇に当てて「しっ」と言った。

「締造はまだ分かってねぇようだから、謎解きは石碑を洗った後だ」

「荒川まで水汲みに？　泥の中を歩いて？」

締造は絶望的な顔で遠くの河畔林を見た。

「近くに小川がありやす。この辺りの田に水を引いている川で」

五助が言った。

「助かった──。行って来やす」

締造は先に歩き出した五助を追って、水桶を持って歩き出す。

二人はすぐに、水を満たした水桶を二つずつ提げて戻って来た。

泥の中で斜めになった石碑の表面に水を掛けながら、手拭いでその表面を洗う。

あちこちに白く新しい傷があった。欠けている部分もある。

「ああ──」締造が言った。

「元々ここに埋まっていたんじゃなくて、大水の時に流されて来たんでござんすね。水ってのはおっかねぇなぁ。こんな大きな物も流すんだ」

「もっと大きな石が幾つも転がって行くのを見たことがありやす」五助が言った。

「濁った水が暴れる龍みたいに流れて、その中を大石がごろごろと転がるんです。石同士がぶつかると火花が散るんですぜ」

「それを考えりゃあ、よくまあ粉々にならずに流れ着いたもんだぜ」

庸が桶を傾けて石碑の中央に水を流すと、泥が落ちて、浮き彫りが現れた。

「こいつは……」

締造が唸る。

素朴な造形ではあったが、衣冠の男と十二単の女の姿であった。

「道祖神《どうそじん》だ。道端で、往来する人々を悪霊から守る神さまだよ」

「ああ、街道で見かけたことがあるような気がしやす。神仏には興味がねぇもんで」

締造は頭を掻く。

「助けて欲しくておれの家に出たんでござんしょうか?」

五助は石碑の前にしゃがみ込む。

「そうだろうな」

庸は答えた。

「だったら、もう少しかわいげのある出方をすりゃあいいのに。分かり易く出てくれりゃあ、すぐに見付《めっ》けてやったのに」

五助の言うとおりだと思いながらも、

「神さまには神さまの理屈があるんだよ」

と庸は苦笑した。

である。


「どこから流されて来たんでやしょうね」

五助は道祖神に手を合わせる。

「男神、女神の道祖神は、相模、駿河、伊豆辺りに多いって聞いたことがある」

庸は答えた。以前、道祖神を借りたいと言ってきた客がいて、その時に調べたので
ある。

「そんなところから流れて来るはずはござんせんぜ」

締造が首を振った。

「当《あ》たり前《め》ぇだよ。荒川の源は武蔵国の奥だったか、上野国《こうずけのくに》の辺りだ。相模とか伊豆とか、その辺りから移ってきた者が多い村から流されたんだろうよ。『この間の大水で道祖神が流された村はねぇか』って、宿場で訊けば分かると思うぜ」

庸は言った。

「ここにほったらかしておくわけにもいきやせんよね」

締造が石碑を見下ろす。

「集落の者たちに頼めば引き上げてくれやす」五助が言った。

「河童が出たって話より、ずっと相談しやすうござんす」

「それじゃあ、おいらたちの仕事はこれで終わりってことでいいかい？」

庸の言葉に五助は立ち上がり、深々と頭を下げた。

「へい。お世話になりやした。どうぞ、家で手足をお洗いになってくださいやし」

庸、締造と共に、五助も両国出店に戻った。つると馬を連れて帰るためである。

庸が昨夜から今朝にかけての出来事を話すと、つるは安堵して涙を流した。

「それじゃあ、おれたちはこれで」

五助とつるは頭を下げて土間に降りる。

「ああ。道祖神のこと、よろしく頼むぜ」

庸は帳場を出る。

「明日、集落の者らで引っ張り出して、それから、どこの物か手分けして調べやす」

五助とつるは店を出て、裏庭から連れて来て表の馬繋ぎの鉄輪《かなわ》に結んだ馬の手綱を解いた。

庸と松之助、締造は、馬を曳き歩き出す二人を見送った。

五助とつるは何度も振り返りながら帰って行った。

「つまり、お庸さんは厄介なモノを背負っては来なかったってことですね」

松之助は庸にホッとした顔を向ける。

「衣冠と十二単の神さまが礼に来るかもしれねぇが、悪さはされねぇだろうぜ」

「夜中に蔀戸《しとみど》を叩かれて開けてみたら衣冠と十二単……。肝を冷やしそうです」

「お前ぇは夕方に帰るからその心配はねぇだろう」

「今回みたいに泊まり込むことだってありますよ」

「そんな時にはあっしが添い寝をしてあげやしょう」

締造がニヤリと笑う。

「いやぁ、それはちょっと……」

松之助は引きつった笑みを浮かべた。

「さて、もうじき綿入れを借りに来る奴らも出て来るだろう。用意をしとこうぜ」

言って庸は店に戻る。

締造はこちらに歩いてくる綾太郎《あやたろう》に気づき、

「今日の追いかけ屋が来やしたんで、あっしはこれで」

と腰を折った。

庸は暖簾に手を掛けたまま、綾太郎に「よう」と声をかけた。

「河童の話、聞かせてくんな」

綾太郎は庸に並んで店に入る。

「綿入れの用意を手伝ってくれたらな」

庸は帳場の裏の、二階への階段に足をかける。

「あれ、納戸へは行かないのかい？」

綾太郎は訊く。

「着替えだよ、着替え。あちこちに泥がついちまった」

「じゃあ、手伝ってやろうか」

綾太郎はニンマリと笑って階段に歩み寄る。

「ばーか」

と笑って、庸は駆け足で二階へ上る。

「さぁ、行きますよ」

松之助が綾太郎の襟を摑んで引っ張った。

「松之助は着替えないのかい?」

綾太郎が松之助の胴に手を回す。

二人がじゃれ合う賑やかな声を聞きながら庸は微笑みを浮かべる。しかし、それはすぐに引っ込んだ。泥にまみれた田圃を思い出し、幸せな気分に罪悪感を抱いたのであった。

庸は急いで着替えると、階段を駆け下りた。

湯屋の客

一

もうじき春だというのに、江戸は雪が降り続いている。大雪ではなく、チラチラと風情よく舞う雪が五日ほど続いていた。

明け六ツ（午前六時頃）、空はまだ暗かったが、雪明かりがぼんやりと辺りを照らしている。

庸《よう》は朝の掃除を終え、行灯《あんどん》をともして帳場机に肘を乗せて頬杖をつき、ぼんやりと外を眺めていた。脇に置いた手焙《てあぶり》に両手をかざしている。

矢《や》ノ《の》蔵《くら》の白壁は雪景色の中に溶け込んでしまって、あるのかないのか分からない。まるで見知らぬ町を見ているかのようで、不思議な感覚がした。

矢ノ蔵の前を、傘を差した人が歩いて来る。足の運びから、松之助《まつのすけ》だと分かった。

松之助は店の前で傘の雪を落とすと、

「なかなか止みませんねぇ」

と言いながら土間に入って来た。

「昼過ぎには雪踏みをしなきゃならねぇな」

「様子を見ながらやっておきます」

松之助は上《あ》がり框《かまち》に腰を下ろして、客用の火鉢で手を温めた。

「松之助、ちょいと帳場を頼めるかな」

「はい。構いませんが、どこかへお出かけで？」

「昨夜《ゆんべ》は年越し用の道具を出すのに手間取って、湯屋へ行けなかったんだ」

当時、湯屋――、銭湯は朝五ッから夜五ッ、午前八時から午後八時頃までの営業であった。湯屋〈横山町の湯〉は、庸の都合に合わせて、始業前や閉店後も湯を使わせてくれた。

主の富蔵《とみぞう》も女房のしげも両国出店の常連で、庸の多忙をよく知っていたし、男勝りの態度の裏に、娘らしい優しさがあることを理解していたから、何か手助けをしてやりたいと思ってのことであった。庸はその好意に甘え、時々、早め、遅めに湯を使わせてもらっていた。

「寒うございますから、ゆっくりしてきてください」

松之助はニッコリと笑った。

庸は手拭いと糠袋《ぬかぶくろ》を持ち傘を差して店を出た。糠袋は石鹸《せっけん》のように体の垢《あか》を取るための道具である。

横山町の湯は両国出店《でだな》から少し歩いた横山町二丁目。上方では屋号をつけたが、江戸では町名をそのまま店名とする湯屋が多かった。

横山町の湯は女湯で、女専用の湯屋である。同町には、もう一つ、男専用の湯屋もあった。それぞれ〈横山町の男湯〉、〈横山町の女湯〉と呼ばれている。

江戸の湯屋は入り込み湯（混浴）であったと思われがちであるが、男湯、女湯専用の湯屋や、一軒で男湯と女湯に分けた湯屋、時間制で男湯、女湯を分ける湯屋などもあった。

庸は入り込み湯は嫌いであった。一軒を男女に分けた湯屋も、たいてい脱衣場と洗い場は男女共用であるから苦手である。

男に裸を見られたくないということもあったが、背中の大きな刀傷が主な原因であった。

傷は女にも見られたくなかったが、しげはそれを察して湯文字《ゆもじ》を肩から背中に掛けてもいいと言ってくれた。

湯文字とは、入浴の際に腰に巻く布であるが、この時代にはそれを着けずに裸で入浴する者が多くなっていた。

庸が横山町の女湯を使うようになってしばらくは湯文字を掛けて傷を隠していたが、湯屋は常連ばかり。いつしか庸もほかの客たちも慣れて、ほどなく湯文字を使わなくなった。

庸は引き戸を開けて中に入った。営業時間には外に出されている〈女　湯〉と書かれた小さい旗はまだ出ていなかったが、高座（番台）にはしげが座っていた。

「あら、お庸ちゃん。よく降るねぇ」

四十を少し出たしげは、整った顔に笑みを浮かべる。

「ほんと。いい加減にしてもらわねぇと、あちこちで屋根が潰れるかもしれねぇぜ」

と、庸は六文をしげに手渡す。

江戸時代の初期は十五、六文であった入浴料は、湯を沸かす薪の値段が下がったこともあり、この頃は六文。幕末には八文ほどになる。

そして六文とは別に紙に包んだ十二文のおひねりを渡す。

今日は師走《しわす》の十三日。紋日《もんび》であった。祭日や祝日、節句などは紋日と呼ばれ、湯屋は客に茶を振る舞い、客はご祝儀を渡すしきたりであった。

しげはおひねりを押し戴いて脇の三方に置いた後、

「女らしい言葉にしなよ。男が寄って来ないよ」

と、眉根を寄せる。

「女らしくしてると男になめられらぁ。それにこの言葉遣いが看板みてぇになっているからよう」

しげは時々、思い出したように庸の言葉遣いに小言を言う。庸はいつも同じ言葉を返す。するとしげは顔をしかめて庸を叩く手振りをするのだった。

庸は笑いながら板敷の脱衣場で着物を脱ぎ、畳んで衣棚に置いて流し場へ向かう。

脱衣場と流し場の間に壁はなく、竹の簀《す》の子《こ》が置いてあるだけである。

流し場の床は真ん中に向かって緩やかな傾斜がつけてあって、体を洗った湯は中央の樋《とい》に流れ込み、外に出る仕掛けがしてあった。

庸は流し場の奥に置かれた上がり湯の桶に歩み寄る。左右に小さな桶が積み上げてあった。右側が丸い桶。左が小判型の桶である。

小判型のほうは留桶《とめおけ》といって、客が自分専用の桶を湯屋に預けておくものである。庸の桶には〇に湊の字の焼き印が押されていた。湊屋《みなとや》の使用人のために本店《ほんだな》が用意させたものであった。

庸は上がり湯でざっと体の汚れを落とし、柘榴口《ざくろぐち》へ向かった。湯が冷めないように、洗い場と湯船の間には壁があり、腰を屈《かが》めなければ通れないほどの出入り口が開いている。それを柘榴口といった。

湯船は柘榴口からと、壁の上のほうに空いた一尺（約三〇センチ）四方の窓からの明かりしかなく、薄暗い。そしてもうもうと湯気が満ちていた。

庸は湯船に体を沈め、心地よさに唸り声を上げた。湯船の縁に頭を預け、庸は目を閉じる。

年の末ということもあってか、今年起こった数々の出来事が頭の中を通り過ぎる。

「お庸ちゃん」

柘榴口のほうから声が聞こえた。

目を開けると湯気の向こう、柘榴口から覗き込む女の姿が目に入った。

女三助《おんなさんすけ》のとみである。

三助とは、客の体を擦《こす》り垢取りをしたり、肩などを揉んだりする仕事で、力仕事であるから女湯でも男が務めることが多かった。横山町の女湯では、力自慢の女三助を三人置いていた。

「よう、おとみちゃん」

庸は湯船を出た。とみは庸より少し年上。昨年縁あって、蠟燭師《ろうそくし》と所帯を持った。亭主は職人としてまだまだであったから、とみは女三助を続けていた。

庸は洗い場に出て座り桶に腰を下ろす。浴衣の裾を端折《はしょ》り、襷《たすき》掛けのとみは留桶に入れてある糠袋と手拭いで、庸の体を洗う。

「ちょいと聞いてもらいたい話があるんだよ」

糠袋を動かしながらとみは言った。

「なんだい。言ってみな」

「秋口あたりから、店の周りを変な男がうろついてるんだよ」

「覗きかい？　ふてぇ野郎だな」庸はとみを振り返る。

「とっ捕まえて痛い目を見せてやろうぜ」

「いや、覗きでもなさそうなんだよ。最初は、あたしが店に出てきた時に、路地からじっと店のほうを見てた。あたしが立ち止まってそっちを見てると気がついたようで、知らん顔して歩き去ったんだよ」

「どんな男だい？」

「四十絡みの、どこかの番頭って感じだったね」

「三回。二回目はそれからしばらくして、店から帰る時に。三回目は先月の終わり頃」

「何回見かけた？」

「じゃあ、半月近くは見てねぇんだ」

「そうなんだけどね。今度は女だよ」

「女？」

「三十くらいの女が、男と同じ路地からじっと店を見てたんだよ。きっと、あたしが男に気づいたから、女が代わりに来たんだよ」

「湯に入らずに見張っているだけかい？」

「ああ。着物や髪型を変えていたが、同じ女だったよ。最初の一回は、誰かと待ち合わせているのかと思ったが、ずっとウチを見ている」

「誰かの出入りを見張ってたのかね」

「誰かって誰さ」

「見張りがある時に決まって来ている客とか」

「常連ばっかりだから、ほとんど同じだよ。この頃ご新規さんもいないし」

「ふーん。何だろうな」

「盗賊かもしれないって富蔵の旦那に言ったんだけどね。笑って相手にしてくれないんだよ」

「ここは盗賊に狙われるくらい儲かってるのかい？」

「儲かってなんかいないさ。大人一人、六文だよ。だけど、ほら、湯屋株ってのはべらぼうな額じゃないか。だから金持ちだと思われて狙われているんじゃないかって」

湯屋株は、湯屋を営むために必要な株で、三百両から五百両ほどした。さらに高額なものになると千両を超えるものもあったという。だが株主の中にはそれを貸す者もあり、株を借りて月ごとに金を払って湯屋を営む者――、仕手方《してかた》もいた。

「だけど、富蔵の旦那は仕手方だろう？」

「盗賊はそんなこと分かりゃあしないよ」

「下調べをするような盗賊なら、そこらへんは調べているよ」

「じゃあ、何なんだろうね」

「ここの女三助が目当てかもしれねぇぜ」

「あたしらが？　なんで」

「見張ってたのはどこかの湯屋の回し者で、あんたらを湯女《ゆな》として引き抜こうってのかもしれねぇ」

湯女は、湯屋が江戸に出来た頃、客の体の垢落としを生業《なりわい》としていたが、この頃は男客の酒の相手をしたり、春を鬻《ひさ》いだりすることが多くなっていた。湯屋の中には、銭湯としての営業を早めに切り上げ、脱衣所を宴席にして、湯女に客の相手をさせる店もあった。

横山町の女湯では、湯女と区別するために、三人の垢擦りたちを女三助と呼んでいた。

「馬鹿言ってんじゃないよ」とみは大声で笑った。

「うちの女三助は三人ともがさつだよ。湯女として置いたら、客が逃げちまうよ」

「その通りさ」高座でしげが大きく肯いた。

「うちの三人は男に媚びを売ろうなんて、これっぽっちも考えちゃいないからねぇ。湯女なんか出来やしないよ」

「それじゃあどうやって、亭主を引っかけたんだい？」

庸はニヤニヤしながらとみに訊く。

「余計なことを訊くと、冷や水を引っかけるよ」

とみは水桶に手桶を突っ込む。庸は珍しく「キャーッ」と娘らしい悲鳴を上げて、座り桶から逃げた。

とみは「嘘、うそ」と言って手招きをする。

庸はおっかなびっくり座り桶に戻る。

とみは上がり湯の桶から湯を汲む。

「それじゃあ、女将《おかみ》さんはどう考えるんだい？」

庸は、とみに上がり湯をかけられながら訊いた。

「さてね。見当もつかないよ。それこそとっ捕まえて目的を白状させるしかないと思って、うちの宿六《やどろく》が釜を炊く合間に二階から見張ってるんだけど、その女、姿を現さないんだよ」

「気になるんなら、見張りをしてくれる奴を紹介しようか？　駄賃と昼飯でやってくれるぜ」

「そうだねぇ」しげは高座の帳場机に肘をつき頬杖をつく。

「見張られてる理由が分からないのも面白くないからねぇ。頼もうかな」

「分かった。明日から来るように言っとくよ」

「だけど、その男、ちゃんとした奴だろうね」

「脱衣所や洗い場を覗かれるんじゃないかって心配してるのかい？　だったら心配いらないよ。蔭間《かげま》だから」

「お庸ちゃんは、蔭間と知り合いかい」

　しげは少し驚いた顔をする。

「仕事で知り合ってね。ちょくちょく手伝ってもらってる。なんなら、娘の格好で来てもらってもいいよ」

「二階にいてもらうから、格好はどっちでもいいさ」

「でも——」とみはニヤニヤしながら言う。

「『女湯の見張りか』ってがっかりするだろうね」

　と、ゲラゲラと笑った。

「男だったら誰でもいいって奴らじゃないよ」

庸は苦笑して柘榴口へ向かう。

「真面目な奴なら安心だね」

しげが言った。

「色男も多いから、ころっといくんじゃないぜ」

庸はとみに言いながら柘榴口をくぐる。

「なにを！」

とみは手桶に冷や水を汲んで柘榴口まで走り、中に撒き散らした。

湯殿の中に庸の楽しそうな悲鳴が響き渡った。

❖

湯上がりで上気した庸の話を聞き、松之助は眉をひそめる。

両国出店の板敷である。松之助は帳場に座ったまま。庸はその前に座っている。奥から今日の追いかけ屋である蔭間の敏造《としぞう》が出て来て庸の横に座っていた。二十代半ばの男である。

「また力を貸すんですか。蔭間長屋の皆さんを紹介するなんて、うちは口入屋《くちいれや》じゃないんですよ」

「ちょくちょく力を貸してるじゃないか」

庸は膨れる。

「それは、物を貸すついででございましょう？　今度は何も貸さずに力だけ貸すって話じゃないですか」

庸は松之助に「どきな」と言って帳場を空けさせるとそこに座った。

「それじゃあよう」庸は帳場机に肘をついて身を乗り出す。

「人付き合いにまで銭を取ろうっていうお前の商売根性はどうなんだい。世話になっている者が困っている時に相談に乗り、それを商売のネタにして銭を取ろうっていうお前の根性はよぉ」

「それは……」

松之助は言葉に詰まる。

「恩を受けたら恩で返すのが人の道ってもんじゃないのかい？　お前《め》ぇは恩を受けた相手に恩を返す時、その見返りに銭を取るのか？」

庸が言い、松之助が返す言葉を無くしたのを見て、敏造が面白そうに声を上げた。

「はい、松之助さんの負け～」敏造は庸に顔を向ける。

「それじゃあ、ちょっくら長屋に戻って綾太郎《あやたろう》さんに相談してきやす。すぐに戻りやすんで」

敏造は土間に降りて草履《ぞうり》を引っかけ、外に飛び出した。

二

新鳥越町の湊屋《みなとや》本店。幾つもの建物の屋根はいずれも雪を被っていた。

離れの一棟の板敷に、囲炉裏を挟んで主《あるじ》の清五郎《せいごろう》と側近の半蔵《はんぞう》が座っていた。

「橘《たちばな》はまだ諦めていないかい」

清五郎は銀延煙管を吹かしながら言う。

橘とは神坂《こうさか》家の江戸家老の橘喜左衛門《きざえもん》。庸につきまとって、なにやら企んでいる男である。

「まぁ、そうだろうとは思っていたが」

「いかがいたしましょうね。どうしても〝みづら〟を確かめたいようです」

「人をつけよう。とめを呼んでくれないか」

とめとは、湊屋本店の装束係である。

半蔵は肯くと、離れを出て、すぐに生成《きなり》の麻の小袖に裁付袴《たっつけばかま》、襷掛けに綿入れを羽織った小柄な老女を連れて帰って来た。

「お庸に誰かつけるって？」

とめは土間に立ったまま訊く。

「動きのいい女をつけたい」

「立ち回りがあるのかい？」

「どうなるかは分からんが、そのあたりも考慮してほしい」

「ふん――」とめは腕組みをする。

「ならば、お染《そめ》をつけるかね」

「旗本の三女だったか――」半蔵が言う。

「少々、上品すぎぬか？　町場で目立たれては困るぞ」

「女はいかようにも化けるんだよ」とめは鼻で笑う。

「両国の辺りにすっかり溶け込むように仕立ててやるよ」

「お染で頼む。用心にもう一人、志穂《しほ》をつけてもらおうか」

清五郎は肯いた。

「それじゃあ、すぐに取りかかるよ。宿をどうするか、身元をどうするか、そのあたりはちゃんとやっておくれよ」

「手抜かりはない」

半蔵はムッとしたように答えた。

❖

横山町の女湯に見張りがついて四日目。雪は止み、晴れた日が二日続いた。

その日の横山町の女湯の見張りは二十代半ばの蔭間の継太《つぐた》であった。通行人を装いながら湯屋の周りを歩き回り、それらしい女を見つけると、場所を変えながらその動きを見張った。

女も、時々場所を変えながら、湯屋の出入り口を見ていた。時折、合切袋《がっさいぶくろ》から留書帖《とめがきちょう》のようなものと矢立を出して、何かを書き込む。晴れてはいても結構な冷え込みであったが辛抱強く見張っている。

女は、湯屋の開店から閉店まで出入り口を見張れる路地を幾つか行ったり来たりした。閉店間際に庸が飛び込み、鴉《からす》の行水《ぎょうずい》ですぐに出た。のんびりと過ごしたらしい三人組の中年女が最後に店を後にすると、主人の富藏が〈女　湯〉の小旗を引っ込めた。

女はそれを見届けると、その場を立ち去った。

継太はすぐに後を追った。しかし女は、横山町一丁目、通塩町を過ぎ、浜町堀に架かる緑橋を渡って通油町に入ったところで、さっと路地に入り行方が分からなくなった。

そして翌日から女は姿を現さなくなった。

継太は「自分が下手《へた》を打ったからだ」と反省しきりだったが、富藏やしげは、「なに、しばらくすればまた姿を現すさ」と慰めた。

❖

十日目。思いのほか暖かい日が二日ほど続いた。

夕刻、見知らぬ女客が横山町の女湯を訪れた。

「見ない顔だね」

高座で六文を受け取りながら、しげは言った。

脱衣場の天井から八方と呼ばれる大きな照明が吊り下げられているが、土瓶に油を満たし、芯を注ぎ口から出しただけの簡単なものであったから、たいして明るくはない。薄暗い明かりの中で女の顔はいかにも怪しく見えた。

「すぐ近くの知り合いの家に遊びに来たんだよ」女は小脇に抱えた小さい角樽を示す。「友達が来るまで、ちょいと二階で待たせてもらってもいいかね？」

湯屋の二階は客の休憩所として使われている。男湯では友達と無駄話をしたり、将棋を指したり、湯女と酒を酌み交わしたりする男衆の溜まり場となっていた。女湯も同様で、日々の暮らしの憂さを晴らす社交場であったから、持ち込みで酒盛りをする女も珍しくはなかった。

「そりゃあ、いいけど、酔っぱらって騒ぐんじゃないよ」

「分かってるよ。そうだ、酒は持って来たが、器を忘れちまったんだ。ぐい飲みを貸しちゃくれないかい？」

「ああ、いいよ——。おとみ」

と、しげは、客の背中を流し終えて脱衣所に戻っていたとみに声をかけた。

「二階にはぐい飲み、あったかね？」

「ぐい飲みはねぇが、湯飲みならたくさんあるよ」

とみは、しげと女客を見ながら答えた。

「そうかい。じゃあ、湯飲みを借りるよ」

女は言って、脱衣所の横の階段を、トントンと上っていった。

しげはとみにもの問いたげな視線を送る。

ここを見張っていた女かい——?

と目で問うたのである。

とみは小さく首を振って、女客を追って二階へ上がる。行灯に明かりを入れるためである。

では、本当に友達を待つ客か?

それとも、とみに顔を見られたから見張りを変えたか?

もし、見張りを変えたのなら、店の中まで入り込んで来たところをみると、何かやらかそうと思っているのかもしれない——。

二階から戻ったとみも同じ事を考えたのか、しげに小さく肯くと、浴衣姿のままで外に出た。

二階の女が何をしているのか気になる——。

残り二人の女三助、れいときとみのは客の垢擦りの最中だった。

しげは、とみが外から戻るのをジリジリしながら待つ。

戸を開けて戻って来たとみに目配せをした。

とみはすぐにその意味を汲み取って、二階への階段を上がる。怪しまれないようにゆっくりと。

「一人で飲んでるのかい？」二階からとみの声がした。

「煙草《たばこ》休みなんだ。あたしにも一杯だけ、いただけないかね」

「あんまり飲むんじゃないよ。友達の分がなくなっちまうからね」

二階には今、角樽の女ととみしかいない。黙ったまま見張るのはいかにも気詰まりで、怪しすぎると考え、話し込むことにしたのであろう。女ととみの話し声が続いた。

戸口から新しい客が入って来た。髪を甲螺髷《ばいまげ》に結った、若く婀娜《あだ》っぽい女である。この女も角樽を抱えていた。

とみは、二階の女の連れかと思ったが、客は、脱衣場や流し場にさっと目をやりながら、

「蔭間長屋からの助っ人だよ。あたしは綾太郎」

と早口で言った。

「こりゃたまげた」しげは目を見開く。

「女にしか見えないねぇ」

「着物を脱ぎゃあ、別だよ。ついてなきゃならないものがついてないし、ついてちゃならないものがついてる」

綾太郎はニッコリと笑った。

「それじゃあ、ここの湯には入れないね」

「そういうところを見せない技はあるけど、うっかりポロリとやっちゃあ、台無しだ。二階の見張りをして、何か起こったら駆け下りて来るよ」

「そうしてもらえばありがたい」しげは言って、二階に声をかける。

「とみ！　いつまで休んでるんだい」

「あいよ」

声が聞こえて、とみが降りてくる。ちらりと綾太郎に視線を向ける。

しげが言う。

「蔭間の助っ人だよ」

綾太郎は色っぽい笑みを浮かべ、膝を少し曲げてお辞儀をした。

「じゃあ、行ってくるよ」

綾太郎は角樽を抱えて階段を上る。

「あれ、見ない顔だね」

綾太郎は、常連客を演じるつもりのようだった。

「友達の家に遊びに来たんだよ」

女の声が答える。

「あんたも、いける口かい。一緒にやろうか」

「じきに友達が来るから、そしたら湯に入るよ」

「じゃあ、それまでの間だ」

「あんた、湯は？」

　女が問う。

「あたしはどっちでもいいんだよ」綾太郎が言う。

「長屋は狭くていけない。ここの広い座敷でのんびり飲むのが好きなのさ。常連だとそういう融通が利くからいいよね」

　二人の世間話が続いた。

　暮れ六ツ（午後六時頃）を過ぎ、仕事を終えた女たちが次々に入って来た。

　二階の女の友達はまだ現れない。

　江戸に住む者たちはほとんど毎日、湯屋を使う。それはきれい好きだったというわけではなく、江戸が埃っぽかったことによる。

　町の外にはあちこちに田畑が広がっている。そして当然のことだが、道はすべて未舗装。土が剝き出しの土地が多いので、風が吹けば土埃が舞い上がる。外で働く者たちは一日で土まみれになってしまうのだ。

　また、春先は特に、まだ作物が育っていない畑が強い春の風に吹かれて、もうもうとした土煙を上げ空を染める。それにその季節には大陸から風で運ばれる黄砂によって空が黄色くなる、江戸っ子たちが〝霾《ばい》〟と呼ぶ現象もあった。

しかし今は雪融け水で土は湿り、土埃は舞わない。それでも湯屋の客があまり減らないのは、毎日湯屋に通うのが癖になっているのか、寒くて体を温めたいのか——。

ざっと体を流して湯船に浸かり、垢擦りもせずに出て行く者。

じっくりと体の隅々にまで糠袋を滑らせる者。

湯船の中や流し場で世間話に興じる者。

横山町の女湯は賑やかになった。

六ツ半（午後七時頃）を過ぎると客は少なくなり、店仕舞いの五ツ（午後八時頃）には、五、六人の客が残るばかりとなった。

二階ではまた女客と綾太郎の世間話が続いている。

何が起こるんだろう——。

しげは高座の上で苛々と身を動かした。

❖

外がすっかり暗くなり、庸は店仕舞いをして松之助を本店に帰した。

そして戸締まりをすると、手拭いと糠袋を持って横山町へ歩く。雪が踏み固められた道は所々溶けて泥濘《ぬかるみ》が顔を出していた。まだ蔀戸《しとみど》を下ろしていない店や常夜灯の明かりが通りを照らしている。空は濃藍色。星が瞬いていた。

路地から人影が滑り出た。

半蔵である。

清五郎から、庸には声をかけないように言いつけられている。神坂家の件については、出来るだけ庸に気づかれないように始末をつけたいという理由からであった。

『それでもまぁ、いずれ子細を話してやろうと思っているから、ばれちまったら、後から清五郎に訊けと誤魔化せ』とも命じられていた。

清五郎は横山町の女湯でこれから起こるであろう騒動と、庸がどう動くかまで読んでいた。

『庸の動きを無理に止めるな』

それは半蔵や、庸を陰から護衛している染と志穂も言われていることであった。

半蔵の半丁ほど先を歩く庸は、横山町の女湯の中に入った。

別々の路地から二人の女が姿を現した。

庸に続いて一人が湯屋へ入り、少し遅れてもう一人が戸口をくぐった。

❖

庸が最後の客だと思ったら、もう一人客が入ってきた。見たことのない女だった。

「見ない顔だね」

しげが言うと、洗い場で客の垢擦りをしていたれきと、脱衣場で着物を着こむ客と話し込んでいたとみとみのがちらりと高座に目を向けた。そして、三人とも小さく首を振る。ここを見張っていた女ではないという合図である。

「この近くの親戚の家に泊まりに来たんだよ」

女は言って、銭を払うと脱衣場に向かった。

庸の近くで着物を脱ぎはじめる。

とみが衣棚から湯文字を取って、すでに裁付袴を脱いでいた庸の元に歩み寄った。

「知らない奴が来たから」

と小声で言ってとみは庸に湯文字を渡す。

「ありがとよ」

庸は横目で女客を見ると、湯文字を受け取った。

「ああ、遅くなっちまったよ」と言いながら、女が入り口から入って来た。

「友達が二階に来てるだろ？」

「ああ、お待ちかねだよ。ほんと、ご新規さんが多い日だ」

しげは銭を受け取って、顎で二階への階段を差した。

女は階段を駆け上がる。

女三助たちは首を振った。

❖

階段を駆け上がってきた女は、座敷に女客と綾太郎が座っているのを見て、ちょっ

と驚いた表情を浮かべたが、

「遅れてすまなかったねぇ。さぁ、湯に入ろうか」

と言った。

「待ちくたびれたよ」

と言いながら、女客は立ち上がる。

「ちょいと待ちな」

綾太郎が鋭い口調で言った。

二人の女客はびくりと動きを止めた。

「あんたら、何者だい？」

三

脱衣場には客が四、五人。入浴を終えて帰り支度をしている。着物を脱ぐのは庸と、その後から来た新規の女客ばかり。

庸が着物を脱ぐのを、とみが後ろに立って手伝い、新規の客に背中の傷が見えないようにしていた。庸がこの湯屋に通い始めた最初の頃は毎回していた配慮であるから、慣れたものだった。

女客はそんなことを気にする様子もなくさっさと裸になって流し場へ向かった。

「おいらはもう気にしてないから構わないぜ」

庸は、背中の傷を気にしてくれる女三助たちに言った。

「そうかい……」

とみは、湯文字を庸の背に掛けようとした手を止める。

その時、二階から二人の女客が現れて、つかつかと庸と二人の女三助の側に歩み寄った。

「今日はその湯文字、掛けておいてくださいな」

角樽を持ち込んだ女客が庸たちに囁くと、衣棚の前で帯を解き始める。後から来た女客は庸たちに会釈すると、友達の横で着物を脱ぎ始めた。

庸は言われた通り、湯文字を肩に掛けて背中を隠すと、二人の女客に歩み寄る。

「あんたら、誰でぇ？」

と小声で訊ねた。

「とめ師匠の弟子でございます。わたしは染」

角樽の客が言った。

「わたしは志穂でございます。あの客にご用心を」

志穂は、上がり湯を体にかける新規の客に視線を向けた。

「あの客、お庸さんの裸が目当てでござんす」

染はくすりと笑う。

「おいらの裸？　それじゃあ、あいつらは橘の手先かい」

「清五郎さまが、橘はしつこい奴だからと見張りをつけていたところ、今回の動きに気づいたのでございます」

染は清五郎が隠しておきたいことはサラリと流し、早口で事情を話す。

「清五郎さまが橘に見張りを？」

つまりは話があるまで詮索するなということか――。と庸は思った。

「詳しいことは、時が来れば清五郎さんからお話がありましょう」

「話し込んでいるとあいつに怪しまれますから。さぁ、流し場へ」

志穂が促すので、庸は湯文字を肩に掛けて流し場へ入った。

とめの弟子ということは、清五郎から言われて来たのだ。ならば安心して言うことを聞いていればいい――。

流し場には上がり湯を使う客が二人。簀の子に移動して手拭いで体を拭き始める。

くだんの女客は上がり湯で体を清めると柘榴口へ歩く。

柘榴口の向こうの湯殿にはもう客はいない様子だった。

女客は湯殿に入って行った。

橘は去年、花嫁衣装の着付けにかこつけておいらの裸を見ようとした。けれど、こっちの機転でその目論見《もくろみ》は失敗した――。

ならば女湯で見てやろうと――？

なぜそんなにおいらの裸に拘《こだわ》る――?

庸は流し場でざっと体を流すと、柘榴口へ向かう。

染と志穂が後からついて来る。

庸は腰を屈めて湯殿に入る。

中は真っ暗で、柘榴口から差し込む八方の光は何の役にも立たない。

これではおいらの裸は見えねぇな――。

庸は手探りで湯船の縁を確かめて跨《また》ぐ。

「冷や者が入《へ》ぇるぜ」

と、断りながら湯に身を沈めた。

暗い湯殿の中ではどこに先客がいるか分からない。それで、「冷や者でござい」――、

体が冷えた者が入りますよなどと断るのが礼儀となっていた。

染と志穂が庸を挟み込むように湯船に浸かる。

先客の気配は斜め右の前方。手で湯を取り、肩にかけるような音がしている。

庸は相手の出方を待つ。

沈黙が流れる。

「こんなに暗きゃあ、おいらの裸は見えめぇ」

庸は言った。

「お庸さん」

染が窘《たしな》めるように言う。

「おいらの裸を見なきゃ、橘からの言いつけを守れねぇんだろう」

「あたしに話しかけてるのかい？」

女客の声がした。

「そうだよ」

「なんの話やら、あたしには分からないね」

「おいらの裸が見てぇんなら見せてやるから、流し場に出な」

庸は湯船を出て流し場の真ん中で柘榴口のほうを向き、仁王立ちになる。

染と志穂も続く。

女客は鋭い目で、柘榴口から流し場に立つ三人の女の姿を覗き見た。

小さく舌打ちして女客も流し場に出る。

庸はその場でゆっくりと回り、女客に背中を見せる。大きく無惨な刀傷が斜めに走っていた。長さ一尺半（約四五センチ）ほどの傷の上から三寸（約九センチ）あまりのところに、刀の鍔《つば》くらいの大きさで、皮膚が丸く火傷のように引きつれている場所があった。

「お前《め》ぇが確かめたかったのはこいつだろう？　とっくりと眺めやがれ！」

女客は柘榴口の前に立ち、庸の背中をじっくりと眺めたが、

「なんの話やら分からないと言ったろう」

込む。

と言った。

脱衣場から、とみ、みの、れきの三人の女三助、そして女将のしげが洗い場に歩み込む。

「うちの大切なお客に、何をするつもりだい？」

しげは女客を睨みつける。

「なんだねぇ、この湯屋は新参者を虐《いじ》めるのかい。悪い評判が立つよ」

女客はしげを睨み返す。

「うちの常連は、胡散臭《うさんくさ》い新参者の讒言《ざんげん》なんぞ信じるもんか」

「この前はサラシに隠れてよく見えなかったろうが」

庸は女客に背中を見せたまま言う。

「おいらの背中には見ての通り、隠しようのないでっかい傷がある。女中に雇ったとしても、ほかの女中らの口から『あのお屋敷には刀傷のある女中がいる』って話が外に漏れる。噂には尾鰭《おひれ》がついて広まるぜ。橘の爺ぃ《じじ》に、諦めなと伝えな！」

「なんの話やら――」

惚《とぼ》ける女客の言葉を、庸は啖呵《たんか》で遮る。

「しらばっくれるんじゃねぇ！　こっちはずっと迷惑してるんでぇ！　顔から火が出るほど恥ずかしい思いをして背中の傷を見せたんだ！　これでしまいにしてくんな！」

庸が言い終えると同時に、脱衣場から拍手が聞こえた。

「身を捨ててこそ浮かぶ瀬もあれってやつだね。お庸ちゃん。男前だね」

綾太郎であった。階段の脇に背をもたせかけて、ニコニコ笑いながら庸を見ている。

庸は女客に背中を見せているので、綾太郎には真正面を見られていた。

「綾太郎！　手前《てめ》ぇ、ここで何をしてやがる！」

庸は両腕で胸を隠し、しゃがみ込んだ。

「今日の見張り役だよ。怪しい女が入ったんで、二階で様子を見ていたのさ」

庸は女三助たちに「湯文字、湯文字！」と、手を伸ばした。

「蔭間じゃないか。見られたって大丈夫だよ」

とみが笑う。

「こいつは、男も女も好きなんだよ！　いっつもおいらにちょっかいを出しやがるんだ！」

「そいつぁ、大《て》ぇ変だ」

とみは慌てて湯文字を庸に渡す。

その騒ぎの間に、女客は脱衣所に走り、急いで着物を身につける。

「女が逃げるぜ、お庸ちゃん」綾太郎が言う。

「とっ捕まえようか？」

「ほっときな！　橘の配下だってのは分かってるんだ」庸は腰に湯文字を巻き、片腕で胸を隠す。

「それよりお前ぇだよ！　ひとの裸を見やがって、どういう了見だよ！」

庸は半べそをかいている。

「眼福《がんぷく》、眼福。お庸ちゃんの裸は、おれの胸の中に閉じ込めとくよ。誰にも喋りゃあしねぇよ」

綾太郎がそう言った時、女客が着替えを終えて駆け出す。

「お庸ちゃん！　本当に行かせていいのかい？」

しげが叫ぶ。

女は草履を突っかけて外へ飛び出す。

「構わねぇってば……」

庸はしゃくり上げた。

「こりゃあ、いけねぇ……。泣かせちまったい……」綾太郎の表情が強張る。

「念のために追っかけてみるぜ！」

綾太郎は階段のそばを離れて下足箱から草履を取り出す。

「誰にも言うんじゃねぇぞ！」

庸は、綾太郎の背中に泣き声で叫んだ。

「おれの胸に閉じ込めておくって言ったろう。誰にも言いやしねぇよ」

綾太郎は優しい笑みを庸に向けて外へ出た。

「大丈夫かい、お庸ちゃん」

とみが気遣わしげに庸の背中を撫でた。

「大丈夫なわけないじゃないか……。男に裸を見られたんだぜ……」

「見られて減るもんじゃなし」

みのが苦笑しながら心ない言葉を言う。

とみがみのの尻を叩く。

「いつかは見られるんだから」

れきが言った。

「惚れてもいねぇ男に見られたくはなかった」

庸は泣きながら言った。

「綾太郎に聞かれなくてよかったね、その言葉。綾太郎も聞きたくなかったろうよ」

しげが溜息交じりに言う。

「うん……」

しげの言葉で、庸の涙は引っ込んだ。

「綾太郎さんも見たくて見たんじゃないと思いますよ」染が言った。

「下で騒ぎが起こったから、何かあったらあの女をとっ捕まえなきゃならない。あの言葉はきっと、どう言えばいいか考えて、自分が悪者になるのを選んだんだと思います」

「うん……」

と、庸は洟《はな》を啜り上げた。

「綾太郎のことはなかったことにするのが一番だろうね」しげが言う。

「次に顔を合わせたら平然としてなよ」

「あたぼうでぇ」庸は力強く言って顔をごしごしと拭った。

「湊屋両国出店のお庸さんが、こんなことでへこんでられるかい!」

庸は腰から湯文字を剝ぎ取ると「体が冷えちまったい」と言い、柘榴口へ駆けた。

四

赤坂の榎坂、その中程に神坂家江戸屋敷はあった。

広大な邸内の、奥まった一室で江戸家老橘喜左衛門とその家臣横倉謙吾《よこくらけんご》、そして横山町の女湯から逃げ帰った女が座っていた。

女の名は歳《とせ》。神坂家の女中であったが、武芸に秀で、内偵などを任されることもあった。

「——刀傷は一尺半か。で、〝みづら〟はどうであった?」

「ありませんでした」

歳は首を振った。

「なかったとは——、傷のために消えてしまったということか?」

「仰せられた場所には、刀傷の上に丸い火傷の痕がありました」

「うむ……。〝みづら〟を消したか……」

「〝みづら〟を消したのであれば」横倉が言った。

「もはやなにも心配することはないのではございませぬか？」

「殿がどう仰せられるかだが――」橘は苦い顔をする。

「まずは、国許《くにもと》に知らせを走らせよう」

❖

綾太郎は大名屋敷の白壁の路地に身を隠して、神坂家江戸屋敷の門を見張っていた。女装のままである。吐く息が白く凍っていた。

横山町の女湯の女客が潜り戸を入ってしばらく経つ。裏門には勘三郎《かんさぶろう》が隠れているから何かあればすぐに知らせてくれるが――、この先、どういう手を打つかが問題だった。

湊屋の清五郎に知らせようにも、正門、裏門から目を離せばその隙に女客が逃げ出してしまうかもしれない。

そうなれば、女客を放ったのが神坂家であるという證跡《しょうぜき》（証拠）がなくなる――。

「さて、どうしたものか」

綾太郎が呟いた時、二つの人影が正門の前に立った。常夜灯に照らされた二人は、清五郎と半蔵であった。

「こいつはいいや」

綾太郎は路地から出て二人の後ろに立った。

「ご苦労だったな」

清五郎は振り返らずに言った。

「湯屋の件はもうご存じで？」

綾太郎が女の口調で訊く。

「お前がお庸の裸を見たこともな」

「あれは……」綾太郎は男の口調に戻り、舌を出した。

「不可抗力ってやつで」

「まぁいいさ。女客は中へ入ったのか？」

「はい。裏門は勘三郎が見張ってます――。旦那はお仕置きにいらしたんで？」

「まぁ、そんなところだ」

清五郎がそう答えると、半蔵が大音声《だいおんじょう》で「開門！」と言った。

門はすぐにゆっくりと開いた。

立っていたのは手に提灯《ちょうちん》を持った横倉謙吾であった。

「これは湊屋どの。何用《なによう》でござろう？」

「すっ惚けるのもいい加減にしやがれ」綾太郎が言った。

「湊屋両国出店のお庸を追っかけ回していた女がこの屋敷に入ったのはこの目で確かめてるんでぇ」

「うちの使用人を――」清五郎が静かに言った。

「いつまでも追いかけ回されたんじゃ迷惑だ。橘さまと、今度こそちゃんと話をつけようと思ってな」

「何の話であろうか」

「綾太郎の言葉じゃないが、すっ惚けるんじゃゃねぇよ」

清五郎は凄みのある目で横倉を睨む。しかし、口調は穏やかであった。

「お前ぇたちが〝みづら〟を確かめようとしてたことは分かってるんだ。さっさと橘のところへ案内しやがれ」

「何の話かは分からぬが、門前で騒がれるのも迷惑。中へお入りあれ」

横倉は先に立って歩き出す。

「おれもいいのかい？」

綾太郎は清五郎を見る。

「お前にも知ってもらったほうがよさそうだからな」

清五郎は意味ありげに言って、横倉の後を追った。続く半蔵、綾太郎の後ろで門の扉が閉まった。

「清五郎の旦那。惚《ほ》れ惚《ぼ》れするねぇ」

綾太郎は言って、清五郎の腕をとる。

「お前はお庸に惚れてるんじゃなかったのかい？」

「お庸ちゃんにも清五郎の旦那にも惚れてるんだよ。ああ、体が一つなのが恨めしい」

「余裕があるな」半蔵が苦笑する。

「あちこちに物騒な奴が鯉口《こいくち》を切って構えてるんだぜ」

「おや、そうかい。おれは清五郎の旦那と半蔵さんを信用してるから、ちっとも恐くないさ」

綾太郎はけろっとした顔で言った。

横倉は母屋の脇を通り、広い庭を横切って、奥まった部屋の濡れ縁の前に置かれた大きな沓脱石《くつぬぎいし》に雪駄《せった》を脱ぐ。

「湊屋清五郎とそのほか二人が訪ねて参りました」

横倉は明かりを透かす障子の前に座って言った。

「お通ししろ」

中から橘の声がした。

清五郎と半蔵、綾太郎は濡れ縁に上がる。

横倉が障子を開けた。

座敷には橘と湯屋の女客――歳が座っていた。

「逃げなかったのは褒めてやるよ」

綾太郎が言う。

歳は目を逸らした。

「女を座敷に置いたのは、お庸の裸を確かめさせたことを認めるってことだな」

清五郎は言って、差し落とした刀を取り、橘の前にあぐらをかいた。その後ろに半蔵が座り、綾太郎は障子の近くに控えた。

「認めなければ聞けぬこともあるからな」

橘は言った。

「お庸の裸を見たんなら、お前たちが捜している娘ではないと分かったはずだ」

「なぜそう思うのだ？」

「お前たちが〝みづら〟のある娘を捜している話は聞こえているよ」

「どこから？」

「お前が考える、ずっと上のほうからだよ」

「あの、〝みづら〟ってなんだい？」

綾太郎が口を挟む。

「鼓星《つづみぼし》の三つ星のことさ」

清五郎は綾太郎を振り返りながら言う。

鼓星とはオリオン座のことである。三つ星を囲む四つの星から、三つ星の両端に線を引けば、胴がくびれた鼓の形に似ていることからそう呼ばれる。

「三つ連なっているから三連《みづら》。こいつらは、背中に三つ並んだ黒子《ほくろ》をもつ娘を捜してるんだよ」

清五郎は橘に顔を戻す。

「お前、傷の治療をさせるついでに、医者に〝みづら〟を焼かせたのではないか？」

橘は眉間に深い皺を寄せる。

「峯庵医師《ほうあんせんせい》は、そんな頼みはお聞きにならねぇよ」

峯庵は、盗賊鉄火《てっか》の又蔵《またぞう》一味に襲われ大怪我をした庸を治療した医師である。

清五郎は鋭い目で橘を見た。

「――そんなことより、鉄火の又蔵をそそのかして、お庸の家を襲わせたのは、あんたじゃないのかい？」

「なにを馬鹿なことを」

橘は唇を歪めて笑う。

「お庸を〝みづらさま〟だと思い込み、一家皆殺しにしてしまおうとした。だが、お庸は生き延びた。もう一度襲おうと思ったが、おれが世話をしていることを知り、国家老あたりが、『まず〝みづらさま〟であることを確かめてからにせよ』と止めた。そういうことじゃないのか？」

清五郎は口を閉じ、橘の返事を待つ。

沈黙が続く。

「知らんな」

橘が言う。

「まぁいいや。いずれにしろ、その女が庸の背中に〝みづら〟はないことを見届けている。つまり庸は〝みづらさま〟ではないってことだ。それで仕舞《しま》いにしな。これ以上お庸に関われば、お家を潰すことになりかねねぇぜ」

清五郎の言葉に、橘は唇をへの字にしたまま黙り込む。

「こっちが言いたいことは言った。そっちはどうだ？」

清五郎は訊いたが、橘も横倉も黙ったままである。

「それじゃあ、帰《け》ぇるぜ」

清五郎は立ち上がり、刀を取って帯に差し落とした。

半蔵も立ち上がる。

綾太郎が障子に手をかけると、半蔵がそれを手で制した。素早く障子に歩み寄り、からりと開けた。

庭は静まりかえり、人の姿はなかったが、雪を被った植え込みや築山《つきやま》の陰に殺気があった。

「いかがいたしましょう。橘を人質に取りますか？」

半蔵が訊くと、横倉が目にも止まらぬ速さで脇に置いた刀を取った。

それより速く、清五郎が刀を鞘ごと抜いて、鞘尻《さやじり》で横倉の手を押さえる。

「人質はいらねぇよ。わたしたちを帰さなければ大変なことになることはよく分かっているはずだ」

清五郎は橘に顔を向けて「なぁ」と言う。そして刀を帯に戻し、濡れ縁に出た。

その後ろに綾太郎。そして半蔵がしんがりである。

庭を通り、母屋の脇を歩いて前庭に入る。

❖

歳は女中らの部屋に帰し、神坂家の屋敷の奥座敷には橘と横倉だけが残った。

「庸に〝みづらさま〟である證跡はなかった」橘は唸るように言った。

「だが庸が〝みづらさま〟ではないという確たる証がなければ、我が殿は納得なされぬ」

「庸が〝みづらさま〟ではない証など、どうやって探すのです?」横倉が言う。

「探しようがございますまい。それよりは、庸が〝みづらさま〟である証を探すほうがずっと簡単でございましょう」

「どうやる?」

「清五郎が教えてくれました」横倉はニヤリと笑った。

「庸の〝みづら〟を焼いた医者の名前をうっかり口にいたしました」

「なるほど。その医者から〝みづら〟があったかどうか聞き出せばいいのだな」

「御意《ぎょい》。峯庵という医者の居所を調べます」

横倉は言って座敷を出た。

打つ手を失ったかと思ったが、まだまだありそうだ――。

橘は安堵して笑みを浮かべた。

❖

門の前に、羽織に馬乗袴の中年男が立っていた。髪を総髪《そうはつ》に結い、大小の刀を腰に差している。

「山野騎三郎《やまのきさぶろう》でござる。その節はお世話になり申した」

以前、庸が山野の神坂家復帰に力を貸したことがあった。

「世話をしたのはお庸だ。それで、橘にわたしを斬るように言われたか？」

清五郎は言った。

半蔵が綾太郎を庇《かば》うようにしながら、少し前に出た。

山野は戸惑ったような表情で首を振る。

「わたしは何も言われてはおりませぬが、湊屋どのは我が殿に敵対するお方のようでございますな。屋敷の内がピリピリしております……」

「こっちは誰とでも仲良くやりたいほうなんだがな。世の中、上手くいかぬものだ。

わたしが貴殿の主の敵だとすれば、お庸もまた敵ということになる。いずれ、お庸やわたしを斬るよう命じられるかもしれねぇぜ」

「そうならぬことを願います――。何があったのか、教えていただけませぬか？」

「それが聞きたくて出て来たかい」

「はい――」

「貴殿の主が、お庸を誰かと勘違いしているって話さ。今、橘さまによく話して来たから、まぁ貴殿と斬り合わずにすむであろうがな」

「左様でございますか」山野はホッとしたように小さく息を吐いた。

「それでは、お庸さんによろしくお伝えください」

「それは出来ない相談だ」

「はて、なぜでござる？」

「お庸に、誰かに間違えられていることを知られたくない。そして、わたしがここに来たことも知られたくない。わたしが貴殿からの伝言を伝えれば、どこで会ったのかと聞かれるだろう。そうなれば、色々と知られたくないことも話さなければならなくなる」

「なるほど。では、どこかでお庸さんにばったり出会っても、今夜お目にかかったことは言わずにおきます」

「そうしてもらえるとありがたい」

「分かりました——。それでは、お気をつけてお帰りなさいませ」

山野は清五郎たちに頭を下げると、門番に扉を開けるよう命じた。

清五郎、綾太郎、半蔵は門を出る。

「恐かったかい？」

清五郎は歩き出しながら綾太郎に訊く。

「全然。清五郎さまと半蔵さんを信用しているから、ちっとも恐くないと言ったはず」

綾太郎は清五郎にしなだれかかる。

「お庸に悪い」

清五郎は笑いながら身を躱《かわ》した。

「色々な意味で」綾太郎は意味ありげに微笑んだ。

「おれに子細を聞かせたのは、これからお庸ちゃんを守れということでございましょう？」

「蔭間長屋の連中は、お庸の旗本だからな」

「仲間でございます」

「ああ、庸はそう言っていたな」

「仲間でも旗本でもどうでもようございますがね。お庸ちゃんに何かあれば、おれたちは命がけで守りますよ」

「よろしく頼むぜ。こっちも向こうを追い詰めていくが、なにしろ相手は大名だからな。今すぐにってわけにはいかない」

「手を回すにも色々と手続きが必要ってことですか」

「面倒臭ぇことが色々とな」

「手っ取り早く殺して来いと仰せならばいつでも」

半蔵が言った。

「怖いこと言うねぇ」

綾太郎は身を竦めて半蔵を見る。

「そう申し上げても、『そんなことをすれば、向こうと同じ場所にまで堕ちちまうよ』とお笑いになる」

半蔵は肩を竦めた。

「確かにねぇ――。そうだ、清五郎の旦那、一つ下手を打ちましたね」

「わたしが何かやらかしたか?」

清五郎は目を見開いた。

「峯庵って医者《せんせい》のことですよ。お庸ちゃんの三つ星の黒子を焼いたかもしれねぇっていう。名前を言っちゃあ、橘たちが確かめに行くかもしれませんよ。痛めつけて白状させるとか――」

「ああ、それは出来ないよ」

「え？　なにか手を打っているんですか？」

「峯庵医師は、もう亡くなっている。痛めつけようったって出来ない相談さ」

「なるほど。だから名前を言ったんですか」

「お庸を治療してくださった頃は、お弟子もいなかったから、ほかに迷惑がかかることもない」

「なるほど」綾太郎は肯いた。

「橘たちは無駄足を踏むってわけですね――。まぁ、ともかく明日からいつも通りに何気ない様子を装ってお庸ちゃんを守りますよ」

「いつも通りにいくかな」清五郎はニヤリと笑った。

「お前はお庸の裸を見ちまったろう」

「それが悩みの種でございますよ」

綾太郎は困った顔をして自分の額をつついた。

五

翌日の朝。綾太郎は素知らぬ顔で両国出店の土間に入った。今日は男装で、女装用の着物を包んだ風呂敷と、もう一つ小さな風呂敷包みを持っている。

「おはようございます」

昨夜の出来事を知らない松之助はにこやかに挨拶した。

帳場のお庸の顔は強張った。

昨夜、次に綾太郎に会ったらどんな顔で、何と声をかけようと悩むあまり、眠れなかったのであった。

綾太郎は挨拶を返しながら草履を脱ぎ、足の埃を手拭いで払って、帳場の奥へ歩く。

通り過ぎざま、綾太郎は小さな風呂敷包みを帳場机に置いた。

庸は結び目を解く。経木《きょうぎ》に包まれた豆大福が現れた。

「詫びのつもりかい」

庸は硬い声で言う。

綾太郎が脇の暖簾から顔を出して、

「足りないかい？」

と訊いた。

「足りないね」

「何を足しゃあ許してくれる？」

綾太郎は困った顔をした。

「茶」

庸はボソッと言った。

綾太郎の表情がぱっと輝く。

「とびっきり美味い茶を淹れて来るぜ」

綾太郎は暖簾から顔を引っ込めた。

「綾太郎さん、何をやらかしたんです？」

松之助は好奇心に満ちた顔を庸の前に突き出す。

「余計な詮索するんじゃねぇよ」

庸はぶすっと言った。

松之助はパッと帳場の前を離れ、暖簾を弾き上げて奥へ走る。

「ねぇねぇ綾太郎さん！　何やらかしたんです？」

台所から「何でもねぇよ！」と綾太郎の怒鳴り声が返る。

「教えてくださいよ」

「お前ぇには関係ねぇだろ」

と騒がしい声が続く。

庸は帳場机で頬杖をつく。

「なんか、あっけなかったな。昨夜《ゆんべ》眠れなかったのは何だったんだよ」

尖らせた庸の唇が笑みの形になった。

本作品は当文庫のための書き下ろしです。

平谷美樹（ひらや・よしき）

一九六〇年、岩手県生まれ。大阪芸術大学卒。中学校の美術教師を務める傍ら創作活動に入る。

二〇〇〇年『エンデュミオンエンデュミオン』で作家としてデビュー。同年『エリ・エリ』で小松左京賞を受賞。

二〇一四年、「風の王国」シリーズで歴史作家クラブ賞・シリーズ賞を受賞。

著書に「草紙屋薬楽堂ふしぎ始末」「貸し物屋お庸謎解き帖」（だいわ文庫）シリーズのほか、「修法師百夜まじない帖」（小学館文庫）シリーズ、「貸し物屋お庸」（招き猫文庫）シリーズ、「採薬使佐平次」「江戸城　御掃除之者！」「よこやり清左衛門仕置帳」（角川文庫）シリーズ、『でんでら国　上・下』『鍬ヶ崎心中　幕末宮古湾海戦異聞』（小学館文庫）、『柳は萌ゆる』（実業之日本社文庫）、『国萌ゆる　小説　原敬』（実業之日本社）、『大一揆』（角川文庫）等、多数がある。

だいわ文庫

貸《か》し物屋《ものや》お庸《よう》謎解《なぞと》き帖《ちょう》
五《ご》本《ほん》の蛇目《じゃのめ》

著者　平谷《ひらや》美樹《よしき》

二〇二三年六月一五日第一刷発行

発行者　佐藤　靖
発行所　大和《だいわ》書房
東京都文京区関口一－三三－四　〒一一二－〇〇一四
電話　〇三－三二〇三－四五一一
フォーマットデザイン　鈴木成一デザイン室
本文デザイン　bookwall
本文印刷　信毎書籍印刷
カバー印刷　山一印刷
製本　小泉製本
ISBN978-4-479-32059-3
乱丁本・落丁本はお取り替えいたします。
https://www.daiwashobo.co.jp

だいわ文庫の好評既刊

＊平谷美樹
草紙屋薬楽堂ふしぎ始末
名月怪談
母の亡魂、あやかしの進物、百物語の怪異——江戸の本屋を舞台に戯作者の推理が冴える！人情と恋慕が物語を彩る人気シリーズ第五弾。
680円
335-5 I

＊平谷美樹
草紙屋薬楽堂ふしぎ始末
凍月の眠り
江戸の本屋を舞台に戯作者＝作家が謎を解く！反魂の宴、丑の刻参り、雪女郎……痛快で切ない読み心地の人気シリーズ、感動の完結！
740円
335-6 I

＊知野みさき
深川二幸堂 菓子たより
人気作家が江戸の菓子屋を舞台に描く、極上の甘味と得難い縁。『深川二幸堂 菓子こよみ』シリーズ・待望の続編登場！　珠玉の時代小説。
740円
361-5 I

＊知野みさき
深川二幸堂 菓子こよみ
社交的な兄と不器用な弟が営む深川の小さな菓子屋「二幸堂」。美味しい菓子が心を癒し、人と人を繋げ、希望をもたらす極上の時代小説。
680円
361-1 I

＊知野みさき
深川二幸堂 菓子こよみ〈二〉
江戸の菓子屋を舞台に描く、極上の甘味と人情とままならぬ恋。兄弟の絆と人々の温かさに涙零れる珠玉の時代小説、待望の第二弾！
680円
361-3 I

＊知野みさき
深川二幸堂 菓子こよみ〈三〉
一途に想うその人を慰めるとびきりの菓子を——兄弟が営む江戸の菓子屋をめぐる温かな絆と切ない恋。人気著者が描く極上の時代小説。
680円
361-4 I

＊印は書き下ろし

表示価格はすべて本体価格（税別）です。本体価格は変更することがあります。